O MISTÉRIO MORA AO LADO

O MISTÉRIO MORA AO LADO

GISELDA LAPORTA NICOLELIS

Apreciando a Leitura

■ Bate-papo inicial

Lucas mora na mesma rua desde que nasceu. Conhece todo mundo por lá. Só que as coisas começam a mudar quando chegam novos vizinhos. Rola um mistério sobre quem são e o que fazem. Enquanto isso, Lucas conhece Lorena, uma garota muito bonita, filha de pai branco e mãe negra. Essa e outras situações envolvendo preconceito, os problemas financeiros da família de Lucas e a esperteza dele em desvendar o segredo "que mora ao lado" são os principais elementos desta história. Vamos rememorá-los?

■ Analisando o texto

1. Como muitos livros, *O mistério mora ao lado* combina diversos gêneros de narrativa. Quer dizer, há um toque de romance, um de mistério, e mais crítica social e de costumes, entre outros. Você poderia localizar no enredo onde cada um desses gêneros está presente?

Romance: _____

_____

_____

Mistério: _____

_____

_____

Crítica de costumes: _____

_____

_____

Crítica social: _____

_____

_____

2. Durante a história, alguns personagens apresentam conflitos uns com os outros, consigo mesmos ou com uma situação social. São esses conflitos que dão vida aos personagens. Descreva os tipos de conflito que vivem:

Lorena: _____

_____

_____

_____

_____

_____

O pai e a mãe de Lucas: _____

_____

_____

GISELDA LAPORTA NICOLELIS

Ilustrações
PAULO TENENTE

O MISTÉRIO MORA AO LADO

12ª edição

Conforme a nova ortografia

Copyright © Giselda Laporta Nicolelis, 1996

Editora: CLAUDIA ABELING-SZABO
Suplemento de trabalho: LUIZ ANTONIO AGUIAR
Preparação de texto: CARMEN TERESA SIMÕES COSTA
Coordenação de revisão: LIVIA MARIA GIORGIO
Gerência de arte: NAIR DE MEDEIROS BARBOSA
Supervisão de arte: JOÃO BATISTA RIBEIRO FILHO
Produtor gráfico: ROGÉRIO STRELCIUC
Impressão e acabamento: GRÁFICA PAYM

Dados Internacionais de Catalogação na Publicação (CIP)
(Câmara Brasileira do Livro, SP, Brasil)

Nicolelis, Giselda Laporta
  O mistério mora ao lado / Giselda Laporta Nicolelis; ilustrações Paulo Tenente. — 12. ed. — São Paulo : Saraiva, 2009. — (Jabuti)

  ISBN 978-85-02-07963-2

  1. Literatura infantojuvenil I. Tenente, Paulo. II. Título. III. Série.

96-5295   CDD-028.5

Índices para catálogo sistemático:
1. Literatura infantojuvenil   028.5
2. Literatura juvenil   028.5

16ª tiragem, 2022

Editora Saraiva

Avenida das Nações Unidas, 7221 – Pinheiros
CEP 05425-902 – São Paulo – SP
Tel.: (0xx11) 4003-3061
www.editorasaraiva.com.br
atendimento@aticascipione.com.br

Todos os direitos reservados à SARAIVA Educação S.A.
CL: 810031
CAE: 571333

*"Época triste a nossa,
em que é mais difícil quebrar
um preconceito do que
um átomo."*

Einstein

1

Eu

Moro nesta rua desde que nasci... Conheço todo mundo, porque a rua é pequena. Meus pais já moravam aqui mesmo antes de eu nascer, então é como se a gente fosse uma grande família. Quer dizer, eu pensava assim, até que uma das casas foi alugada para um velho que veio morar sozinho. Sozinho é modo de dizer, porque com ele vive uma infinidade de gatos. Tantos, que o primeiro comentário que o meu vô fez foi: "Isso vai dar problema...". Pensei que se referisse aos gatos, e acho que era isso mesmo o que o vô quis dizer. Mas logo percebi que o problema mesmo seria o tal homem. Porque, semanas depois que ele havia mudado para a nossa rua, começaram a surgir rumores.

— Já reparou como o nosso novo vizinho é meio esquisito? — perguntou a vizinha do lado, a dona Carminda, a maior fofoqueira da rua.

— Pra falar a verdade nem percebi — respondeu a mãe. Ela vivia tão ocupada cuidando da casa, dos quatro filhos, do meu pai e do pai dela, que não tinha muito tempo para reparar nos vizinhos, esquisitos ou não.

— Pois devia — continuou a vizinha, falando baixo. — Quem me contou foi o Antenor, que mora na casa ao lado, que é geminada. Dá para escutar tudo o que se passa na outra casa, a do velho...

— Ele tem nome, não tem? — interrompeu a mãe, já aflita para entrar na própria casa. Estava voltando da padaria e a vizinha a pegara de surpresa. Pelo jeito não a largaria tão cedo.

— Claro que tem! O nome dele é Evaristo. Diz que é funcionário público aposentado. Nem sinal de mulher ou filhos, deve ser solteirão. Dele só tem os gatos. Mas como eu ia dizendo... o vizinho diz que escuta uns sons esquisitos, toda noite, como se fossem gemidos...

— Com licença, dona Carminda, preciso entrar. Estou com uma panela no fogo, mais tarde a gente conversa.

— Como quiser.

A vizinha ficou desapontada. Foi aí que deu comigo, e veio certeira para o meu lado:

— Como você cresceu, hein, Lucas? Já está mesmo um rapagão... Como vai indo na escola?

— Tudo legal.

Ela desandou a falar. Mas justamente comigo, que estava superinteressado na fofoca do velho da esquina, ela não tocou mais no assunto. Então resolvi provocar:

— Nossa, a senhora já viu quantos gatos tem o nosso novo vizinho? Que loucura! Quando ele volta do açougue, os gatos ficam miando desesperados, nem bem ele aponta na rua... parece que sentem o cheiro da carne...

— Sei bem do que você está falando, Lucas — dona Carminda baixou a voz novamente. — Ali tem coisa, garoto, ouça o que eu digo. E coisa grossa...

— E o que é coisa grossa? — insisti, morto de curiosidade. — A senhora acha o quê?

— Ah, não acho nada, não. — A vizinha se pôs na retaguarda. — Os outros é que acham, só repito o que me contam... Mas que tem algum mistério, isso lá tem.

— Lucas! — berrou a mãe de dentro de casa, e, muito a contragosto, tive de me despedir da dona Carminda. Ela não sabia grande coisa mesmo. Se quisesse saber mais, eu é que teria de descobrir. Sozinho ou com a turma. Se eles se interessassem pelo assunto, é claro...

Entrei em casa e joguei as coisas de escola na poltrona. A mãe continuava a gritar lá da cozinha, como se eu estivesse no fim do mundo.

— Pô, mãe, para com essa gritaria, o que a senhora quer, afinal?

— Cuide do Dani enquanto eu acabo de preparar o almoço. E diz pro seu avô abaixar essa televisão que está me pondo louca...

A mãe estava sem empregada, porque ninguém parava ali em casa. Pudera! Quatro crianças, o vô que via televisão o dia inteiro... quando não era televisão era disco de ópera, porque o vô era vidrado nuns cantores antigos italianos, o Caruso, o Gigli, e por aí. Sem falar no pai, que de vez em quando se punha a discutir política e futebol com o vô e dava a maior confusão. O máximo que uma empregada ficou em casa foi três meses. Depois disso, pediu a conta.

Nessa época, eu estava no primeiro ano do ensino médio, pretendia entrar na faculdade de Engenharia. Isso era o meu sonho — ou melhor, o meu pesadelo. Às vezes, sonhava que estava chegando para o exame vestibular e tinha perdido a hora: o portão fechava bem na minha cara. Acordava suando em bicas, gritando; e o vô de roupão no corredor, certo dia, ainda tirou sarro:

— Se vai começar a sofrer adiantado desse jeito, faz de conta que a sua mulher está dando à luz, chove a cântaros e acabou a bateria do carro...

— Credo, pai, que sadismo! — bocejou a mãe, enquanto o bebê berrava no outro quarto e ela não sabia se acudia o caçula ou o primogênito. Era como a vó sempre dizia: "Filho criado, trabalho dobrado".

O ano escolar estava quase no fim, tempo de provas, arre! Dei o melhor que pude para ficar logo livre daquilo. Férias de fim de ano, pô, superlegal. Eu estava a fim de arrasar com a turma. Mas o novo vizinho, não sei por quê, não me saía da cabeça. Bateu a paranoia.

Então, certa tarde, lá estava eu: disfarçado atrás de uma árvore, quando o velho saiu para ir comprar carne, como fazia todo dia. Nunca trancava a porta, só batia o trinco, mais uma esquisitice dele. Quando ele virou a esquina, me deu aquele impulso: saí de trás da árvore e fui andando, olhando para todos os lados, até a porta da casa. Não tinha ninguém na rua àquela hora, então cheguei sem problemas. Virei a maçaneta e a porta abriu. Fui entrando de fininho na sala, que estava meio na penumbra devido às cortinas fechadas.

Foi aí que, de todos os lados, acenderam uns faróis, e, como fantasmas, eles me rodearam, cercaram, aprisionaram naqueles círculos verdes. Fiquei literalmente estático, sem poder sair do lugar. Para qualquer lado que eu me virasse, as luzes me seguiam... então ouvi gemidos, como se a casa toda fosse habitada por seres invisíveis que se manifestassem, ali, na sombra, através das luzes que dançavam à minha volta...

Apavorado, saí correndo, porta afora, sufocando um grito de terror. Cheguei tão assustado em casa, que o vô comentou ao me ver:

— Credo, rapaz, parece que viu lobisomem! Já contei quando topei com um, quando tinha a sua idade, lá na fazenda?

— Dá um tempo, vô.

Ainda apavorado, corri e me tranquei no quarto. A qualquer hora esperava ouvir a campainha tocar e o velho vir tomar satisfações. Até suava frio de tanto medo.

Mais tarde, depois que a mãe cansou de chamar, finalmente desci para jantar. Devia estar ainda com a cara assustada, porque ela comentou:

— Que foi, Lucas? Tá me escondendo alguma coisa?

— Desde que ele chegou da rua que está com essa cara de susto — falou o vô. — Até perguntei se ele tinha visto lobisomem.

— Veja lá o que você aprontou, hein, Lucas? Tá namorando escondido alguma garota, é isso?

Até caí na risada:

— Namorada, eu, hein? Nem pensar.

— É justamente quando a gente não pensa que acontece — rebateu a mãe, desconfiada como ela só.

De qualquer jeito disfarcei o resto da noite. Só me senti tranquilo quando era tarde demais para o velho aparecer. Parece que ele dormia cedo, porque as luzes de sua casa se apagavam entre nove e dez horas.

Nos dias seguintes, não houve nenhum comentário sobre a invasão da casa do seu Evaristo. Mas, quando a gente se cruzava na rua, ele me olhava de um jeito estranho. E eu tinha a terrível sensação de que ele sabia.

2

Minha família

Mudou o pesadelo, e mudou para pior. Não passava semana, agora, que eu não sonhasse com o tal velho e seus gatos fantasmagóricos. Meu avô disse que eu era um garoto muito impressionável; só faltava ser sonâmbulo.

Caí na risada, mas o vô então contou que, quando ele era criança, era sonâmbulo mesmo. Dava cada susto na família! Levantava durante a noite, abria a porta, saía para a rua e ficava perambulando... imagine só! Os pais dele iam buscá-lo nos lugares mais estranhos. Um dia ele estava quase caindo num precipício quando o pai o agarrou. E nem assim ele acordou!

— Só me faltava um filho sonâmbulo — resmungou a mãe, dando a mamadeira para o bebê. Filho temporão é um negócio, a mãe já tinha três adolescentes em casa quando pintou o caçula, o Dani. Ela resmunga tanto que o pai disse que, se cada resmungo da mãe valesse um real, ele ficaria rico.

O pai é uma figura à parte. É superdesligado, e o vô costuma dizer que é por causa da profissão: ele é músico, toca violino numa orquestra. O vô contou que leu num jornal que os músicos que têm bom ouvido, aqueles batutas mesmo, têm um lado do cérebro maior que o das outras pessoas. Só que a pesquisa não esclareceu se isso já é de nascença ou fica maior justamente porque estudaram música.

— Bela pesquisa essa — caçoou o pai —, ficou elas por elas. Também o senhor não faz nada o dia inteiro, fica só lendo bobagem no jornal, ou ouvindo ópera...

— Ué, você sendo músico devia também gostar de ópera, meu filho — replicou o vô, na lata.

Quando o vô fazia isso, dava a resposta em cima do gongo, o pai embatucava, ficava calado. O vô sempre foi terrível! Aliás, ele não morava propriamente ali na nossa casa, ele era, como costumava dizer, um hóspede!

Isso porque a vó gostava de viajar, era uma cigana, aventureira; e, sempre que a grana permitia, ela também se permitia uma viagem... só que o vô era o contrário: gostava de sossego, tinha pavor de avião, medo de estrada, enjoava em barco... enfim, o vô queria mesmo era ouvir ópera, ver televisão e ler os jornais do dia, esparramado no sofá. Então, quando a vó botava o pé na estrada, no avião, ou em navio, o vô se mandava para a nossa casa, porque a mãe era filha única e ele detestava ficar sozinho.

A vó, ultimamente, parecia ter rodinhas nos pés. Ainda mais que arranjara uma amiga viúva, que também adorava viajar. O vô estava virando hóspede permanente.

A mãe já nem ligava mais quando o vô aparecia de malinha na mão. Só mandava:

— Lucas, arrume a outra cama que o vô já chegou!

A outra cama, claro, era no meu quarto. A casa tinha três quartos. Um era dos meus coroas, o outro das duas garotas, sobrava pra mim.Pelo menos o bebê, por enquanto, dormia no quarto da mãe. Só faltava eu ganhar um avô e um bebê ao mesmo tempo! Daí não ia dar: eu me mandava, nem que fosse pro espaço.

Era até gozado aquilo! Quando a gente estava acostumando com o vô, até com as brigas dele com o pai, de repente tocava a campainha, e a vó aparecia, toda sorridente:

— Vim buscar meu velho, ele ainda está por aí? Que saudade!

Abraçava o vô na maior festa e ele fazia a maior careta. Até que desabafava:

— Saudade uma ova, garanto que nem lembrou de mim! Nem um cartão-postal você teve coragem de mandar.

— É o correio, meu bem, lembra a minha última viagem? Eu voltei e o cartão chegou depois...

O vô resmungava qualquer coisa e eu quase que podia ler os pensamentos dele: mandou coisa nenhuma, depois de velha, ficou mentirosa.

O vô subia, fazia a malinha dele e ia embora, no carro da vó. Ela ainda dirigia, fazia questão, e se o vô esquecia o cinto, ela cobrava:

— Coloque o cinto, porque o dono do carro é quem paga a multa, e ela é cara...

O vô reclamava que o cinto apertava, que espremia o pescoço dele, mas a vó não desistia. Para teimoso, teimosa e meia. E lá iam eles, de volta pro ninho.

Sem o vô a casa ficava mais vazia. Eu não gostava muito quando ele chegava e se aboletava na outra cama, no lugar de um colega que me fizesse companhia. Depois, gozado, acostumava com ele, com os nossos papos de madrugada, porque o vô era uma coruja, dormia supertarde, e a gente ficava conversando e rindo, ele contando as suas aventuras de advogado criminalista.

Foi logo depois que o vô foi embora e eu tinha entrado na casa do velho dos gatos, que tocaram a campainha da casa. Quando atendi, quase caí de costas, com o tal do seu Evaristo bem na minha frente:

— Boa tarde.

— Boa tarde (até engoli em seco).

Meus olhos deviam estar arregalados, porque ele riu:

— Que foi, assustei você?

— Não... senhor, não foi nada. O que o senhor deseja? (E se ele tivesse descoberto mesmo que fora eu o invasor?)

— Meu nome é Evaristo e sou o seu novo vizinho. Meu telefone pifou. Posso dar um telefonema, por favor?

— Claro! Por favor, entre. — A mãe surgiu, com o Dani no colo. Apresentei, aliviado:

— Mãe, esse é o seu Evaristo, o nosso novo vizinho...

— O dos gatos? — soltou sem querer. Depois ficou calada, envergonhada da gafe.

— Vejo que já me conhecem — riu o velho, com os dentes amarelados de fumo. — As notícias correm rápido por aqui, eu sei...

— Desculpe, o senhor queria? — A mãe resolveu que era tempo de parar de sentir vergonha e encarar.

— Dar um telefonema rápido, o meu telefone pifou, a senhora permite?

— Sim, é por aqui. — A mãe apontou a mesa onde ficava o telefone. Depois olhou para mim, como se dissesse: "Vá atrás dele, não deixe o homem sozinho".

Segui o velho, como se fosse indicar o caminho. Mas ele era rápido e já tinha encontrado o aparelho. Olhou para mim de um jeito que não tive escolha, dei marcha a ré. Pelo visto ele queria privacidade.

Logo depois veio para o nosso lado, agradeceu de novo e fez menção de sair. Mas, quando já estava com a mão na maçaneta da porta, perguntou:

— É aqui ao lado que mora a dona Carminda? Senhora simpática, falante. Deem lembranças minhas.

— Serão dadas — disse a mãe, tratando logo de fechar a porta.

— Que tipo mais estranho — comentou.

— Pena que não deu pra saber pra quem ele estava ligando...

— Já não falei que é falta de educação ficar ouvindo conversa alheia?

— Mas não foi você quem me deu sinal com os olhos para ir atrás dele? Pena que o velho desconfiou.

— Eu dei sinal? Você tá ficando bobo, moleque. Imagine se eu ia fazer uma coisa dessas.

— Tá legal, mãe, você não fez sinal nenhum. Pelo menos numa coisa a gente concorda: o velho é mesmo muito estranho.

— Chega de fofoca, você não tem dever de casa, não, Lucas?

Nessa mesma noite, passou um filme legal na televisão, de terror. Daqueles que a gente fica de respiração meio suspensa, porque, a qualquer momento, pula na poltrona.

De repente tive como uma premonição e olhei para a janela. Lá estava uma figura numa capa escura, os olhos brilhantes como olhos de gato, me olhando fixamente.

Dei o maior berro da vida, e acudiu todo mundo. Ninguém acreditou quando contei o que vi na janela. E a mãe ainda comentou:

— Se estivesse estudando, em vez de ver essas porcarias, não assustava a gente desse jeito.

3

Irmãs & Turma

Minhas irmãs são gêmeas, mas as gêmeas mais esquisitas que já vi na vida, não que tenha visto muitas, mas a maioria sempre se parece um pouco, não é?

As minhas queridas irmãzinhas, que eu adoro do fundo do coração (pode até a laje cair em cima da minha cabeça... ainda bem que em casa tem telhado), são falsas gêmeas ou bivitelinas, que é um troço assim: nasceram no mesmo dia, na mesma hora, mas de óvulos diferentes, cada uma com a sua placenta, dá para entender? Outro dia aconteceu um caso raro, lá nos States, quando nasceu um menino e, depois de noventa e cinco dias, nasceu a irmã. Um bem pequeno, um ratinho, e a outra fortona de dar gosto.

O caso das minhas queridas irmãzinhas (o barulho não é da laje caindo, não, é de um trovão, mas não se preocupem que o raio já caiu, o trovão vem depois...) não é exatamente assim, mas até que parece: a mais velha, quer dizer, a que nasceu primeiro, a Mileide, é fininha de dar dó, e até recebeu um belo apelido na escola: Corda de Poço. A outra, a Milena, a que nasceu depois, é gorducha, e também recebeu um belíssimo apelido na escola: Jumbo. A turma é legal, né?

A Mileide come tudo o que encontra para ver se engorda um pouco; a Milena faz o mesmo, só que escondido, porque se a mãe encontrar ela comendo fora de hora, ou saindo do regime, danou-se. Então a mãe fica numa sinuca de bico: uma tem de comer, a outra não deve comer... e o bebê, o Dani, come e berra sem parar. Não é à toa que a mãe às vezes parece que tem um parafuso a menos. Ou a mais, sei lá.

As queridíssimas irmãs e eu estudamos na mesma escola, e como a diferença entre nós é pequena estou apenas um ano na frente. Por isso que a mãe perdeu a prática: criou um filhão, duas sonsas, parou... depois de treze anos, veio a raspa de tacho, como diz o vô, daí ferrou. Acabou o sossego de todo mundo, apesar do

Dani ser uma gracinha... pelo menos é macho, né? Eu não sou machista, de jeito nenhum, mas preciso defender o time.

Tenho uma turma legal no colégio: o Marinheiro, que quer entrar para a Marinha porque adora o mar... Então me faz lembrar quando eu era pequeno e vivia dizendo que queria ser pirata, para enterrar aqueles tesouros numa ilha deserta, fazer um mapa e, depois de muito tempo, voltar para desenterrá-lo.

Outro que faz parte da turma é o Alemão, um loiraço, três por dois, que é o auê das gurias. Inclusive, a Mileide, a magrela ou Corda de Poço, como vocês preferirem, é vidrada nele. Sabe como eu descobri isso? Porque li o seu amado diário, fechado com uma fechadurinha de meleca, que foi só girar um grampo e abriu. Quando a mãe soube, porque fui pilhado em flagrante pela própria, peguei uma semana de castigo, sem patins, sem TV, sem nada, meu. Mas valeu.

Tem também o Mocreia, que é feio, mas tão feio, que acho que é parente do Frankenstein. A turma diz que ele foi feito em laboratório, por engenharia genética, e deu chabu. A feiura dele até que é legal, porque mete medo, então a gente põe ele sempre na frente, para encarar.

O gozado é que o Mocreia é chegado numa gordinha e arde de paixão pelo Jumbo (leia-se Milena), que foge dele como o diabo da cruz. Ele suspira cada vez que ela passa. Ela nem aí, faz que não vê. E a turma não perdoa:

— Ei, Jumbo, tem um piloto aqui, feito de encomenda, que tal decolar?

— Cretinos, idiotas! — Ela mastiga as palavras como se estivesse mastigando os chocolates proibidos. Depois, à noite, queixa-se para o pai: — Você precisava ver, pai, o imbecil aí do Lucas, aqueles debiloides da turma dele me ofendendo, e ele rindo junto... Você não vai tomar uma providência?

O pai, coitado, que está com o salário atrasado numa sinfônica da Prefeitura, se faz de desentendido, liga a TV para ver comédia, como ele mesmo diz, "para esquecer da vida". E a Milena, furiosa, bate a porta do quarto e vai ligar pras amigas, pra desespero do pai, que disse que toca violino pensando nas contas de aluguel, água, luz, telefone, IPVA, IPTU, mensalidade escolar, supermercado... Como é que pode ter inspiração para tocar? Ele mais transpira de ansiedade que outra coisa. Então a mãe fala: quem mandou ser artista, que artista é isso mesmo, morre de fome e mata a família junto.

Daí o pai replica, se ela não ouviu o pai dela dizer que músico já nasce com um lado do cérebro maior que outro, portanto ele não tem culpa, é genético ou congênito, tanto faz... então a mãe treplica que devia ter mandado fazer uma tomografia, antes de se casar com ele.

Olho a Mileide, devorando uma caixa de chocolate, enquanto, provavelmente, a Milena sonha com eles... Penso no velho dos gatos — será que é apenas um velho solitário ou será um bruxo? Que seriam aqueles gemidos que ouvi quando invadi a casa dele? Já pensou se o velho voltasse e me pegasse lá dentro? O pai ia ter uma síncope, a mãe caía dura, e já podia adivinhar os pensamentos das adoráveis maninhas:

— É um marginal!

Mas por que encasquetei (como diria a vó, no dialeto dela) com o bendito velho? Já não chegam os meus pesadelos com o vestibular? Ah, minha nossa, estão falando de acabar com essa tortura... será que me livro dela?

Mas voltando ao velho, o que é que eu tenho com isso, afinal? Tem tanta gente aqui na rua, mais interessante do que ele: a própria dona Carminda, que mora sozinha, e é a maior língua de trapo (de novo a vó) das redondezas. Nem precisa dar no jornal. Ela sabe, divulga, devia ser relações públicas de algum político.

Tem o professor Sansão, que só anda de terno e colete, e mora bem em frente, com a sua "senhora", uma velhinha tão fininha que parece poder quebrar-se a qualquer momento, e se despede do marido no portão, dizendo sempre: "Cuidado pra atravessar a rua...".

Olha que a dona Dalila (tinha esquecido o nome dela) até tem razão. O professor Sansão é careca e anda de bengala; ainda leciona, porque precisa. Pois não é que outro dia, cruzando a avenida, um carro acelerou bem em cima do velho... A sorte é que eu vinha atrás, agarrei o braço dele e praticamente o arrastei para o outro lado. Senão, era uma vez Sansão.

Mas eu tinha que cismar com o tal do seu Evaristo? Detesto gatos, nunca me preocupei muito com os vizinhos, só bom-dia, boa-noite, coisa de educação, que afinal nasci e cresci nesta rua. Por que então?

Ora, pode ser instinto, premonição, sei lá. Uma coisa lá no fundo me diz que o velho é diferente... que, como falou a dona Carminda, tem coisa grossa.

E os gemidos que eu ouvi? Podiam ser os gatos, sei lá... Quando uma pessoa entra em pânico, perde a noção da realidade. Medo é como tortura: consegue tudo o que quer.

Mas tem outra coisa: por que, com vários telefones na rua, o seu Evaristo escolheria justamente a nossa casa para telefonar, hein? E o tal vulto na janela? A mãe ainda teve o atrevimento de dizer que era a trepadeira.

Mas fui logo vingado da injustiça. Dias depois a dona Carminda — infalível como noticiário das oito na televisão — começou a contar, para quem quisesse ouvir, que estava todo mundo apavorado ali na rua, porque de uns tempos para cá andava aparecendo um vulto nas janelas, durante a noite, assustando principalmente as crianças. Parecia um homem, numa capa escura, com olhos fosforescentes como os de um gato.

— Tá vendo, mãe? E você ainda tirou sarro da minha cara, dizendo que se eu não ficasse vendo filmes de terror não assustava a família inteira.

— Bobagem — desconversou ela. — É imaginação desse pessoal. Só se o Zorro resolveu passear pela nossa rua toda noite.

— Vai gozando, vai, mãe. Imaginação coletiva, eu, hein? Vai ver o velho é um bruxo mesmo e anda espiando pelas janelas das casas, com alguma finalidade oculta.

— Se ele fosse bruxo de verdade, não precisaria espiar, ele já saberia de tudo — replicou a mãe, numa lógica irrespondível. Mãe é fogo.

— E qual é a finalidade dele, então me diga, se é tão sabida.

— Eu sei lá. Nem tenho certeza se é o velho mesmo. Veja se não repete essas coisas pra não assustar as meninas, Lucas.

Não é que ela me deu uma boa ideia?

4

In love!

Foi supimpa arreliar com as queridas maninhas sobre o homem de capa escura, espiando pelas janelas. Elas ficaram tão apavoradas que até fechavam as cortinas. Me diverti bastante, sem deixar que percebessem que eu também morria de medo.

E não era só eu, não. A dona Carminda não mentira. O pessoal ali da rua estava mesmo apavorado. E, como pão fermentando, o boato cresceu, se espalhou pelo bairro, e ficou ainda pior: já se comentava que o tal homem queria roubar criancinhas pra vendê-las no mercado negro de transplante de órgãos.

Aí se instalou o pânico. As mães não deixavam mais as crianças brincarem na rua, antes tão sossegada. Teve até quem largasse do emprego para evitar que os filhos voltassem sozinhos da escola. Um verdadeiro pesadelo!

Veio até televisão fazer reportagem. Viraram a rua do avesso, ouviram todos os moradores e, por fim, aconteceu o inevitável: baixou a polícia no pedaço.

Aí a coisa esquentou mesmo, porque, como todas as desconfianças recaíam sobre o seu Evaristo, ele foi intimado, a sua casa toda revistada, um sururu dos diabos. Só que não encontraram nenhum indício de que ele fosse o tal homem que espiava pelas janelas. Então deram o caso por encerrado.

Só que a conclusão da polícia não convenceu ninguém. Ficou sempre a dúvida. E como dizia a vó, "seguro morreu de velho", todo mundo continuou vigiando suas crianças e o velho dos gatos sob suspeita permanente. Foi o maior barato.

Mas eu estava mesmo é na expectativa das férias, para curtir o meu *love*. Igual à cidade que visitei outro dia com o vô (e fiquei apaixonado por aqueles casarões antigos), a minha garota também se chama Lorena e é cheia de graça. E agradeço aos anjos da guarda da hora — porque talvez eles mudem de guarda como as sentinelas — por ter pintado no meu pedaço essa fatia de paraíso.

Foi só olhar e gamar: meu coração disparou como motoqueiro maluco em via expressa, depois ficou rufando como os pratos da sinfônica, onde o pai toca o seu violino, pensando nas contas a pagar.

Ela só entrou na escola no semestre passado, quando se mudou para este bairro. O primeiro impacto, assim, aquele que fica, foi quando ela surgiu na porta da classe, atrasada para a aula do *teacher* (a gente chama ele assim, porque parece com o professor daquele filme dez, *Sociedade dos poetas mortos*, com o Robin Williams. É ele, sem tirar nem pôr).

A Lorena apontou no vão da porta e foi aquele arraso. Pudera! Alta, morena, cabelo comprido e cacheado, olhos de ressaca como os olhos da tal Capitu — do livro *Dom Casmurro*, do Machado de Assis, que o *teacher* enfiou goela abaixo da gente este semestre, pra já ir preparando o famoso vestibular do futuro e dos pesadelos.

Fiquei estático, parei no tempo, meu!

Ela olhou para mim e para a carteira vaga ao meu lado, a Band Aid (é uma garota que joga futebol e vive arrebentada, volta e meia vai parar na enfermaria do colégio) tinha ido ao banheiro... Santa hora, porque a Lorena então veio de mansinho e perguntou, numa voz de arrepiar todos os pelos do meu corpo:

— Tá vaga?

— Tá — respondi, capitulado como goleiro que pegou frango em final de campeonato.

Ela sentou-se ao meu lado e o perfume de jasmim me envolveu. E como dizem que os anjos cheiram a jasmim, com certeza, naquela maravilhosa hora, um anjo pousou ao meu lado, deixando-me no estado que os gringos chamam de *in love forever my darling*.

Quando a Band Aid voltou, dei um olhar tão apavorante que ela nem falou, só foi procurar outro lugar onde curar os ferimentos de guerra.

Desse dia em diante, toda manhã eu pulava da cama tão pontual e feliz, que a mãe até comentou:

— Isso tá me cheirando a coisa...

— Pirou, mãe? Cheirando a quê? A gente não pode ser responsável uma vez na vida, pô! Se tô atrasado, você implica, se tô adiantado, bate a paranoia.

— Olhe o respeito, garoto! Mãe tem faro, sabia? Tô de olho em você, não esqueça!

Só que o Dani se pôs a berrar e eu saí a galope como sempre, para sentar ao lado da mais linda morena que os meus olhos já viram. E para minha felicidade total (além do timão, claro!), a gata também foi com a minha cara.

E aconteceu o que tinha de acontecer: a gente ficou. Um dia, dois, uma semana, um mês... ficou tanto e tão caprichado que acabou namorando de verdade. A turma é que não se conformava, e o Mocreia, apaixonado e rejeitado, era o mais feroz:

— Pô, meu, tá mais derretido que sorvete no asfalto, esquece até os companheiros... tá melado de dar enjoo...

— Mas se o Jumbo desse bola, você tava mais melado que eu e nadando no mel, né?

— O nome dela é Milena. Não tenho culpa se você se amarra em magrela, meu negócio é uma gordinha gostosa.

— Magrela? Você por acaso está se referindo àquela deusa chamada Lorena, sem uma gordurinha a mais nem a menos? Aquilo é manjar dos anjos, cara, bem se vê que você não tem gosto pra mulher...

— Pois eu passo.

Eu estava *in love* total e absoluto, o que me importava a opinião dele? Ia pensando em como o Mocreia era mesmo burro, quando virei a esquina e topei com uma rodinha bem em frente à minha casa. Dona Carminda, a mãe e o tal do seu Antenor, o vizinho mais próximo do velho dos gatos.

Farejei notícia e fui chegando. Peguei a conversa andando, mas ainda deu para entender:

— ... é isso aí, entrego a casa amanhã — dizia o seu Antenor.

— Mas que pena, seu Antenor! — replicou dona Carminda, naquele tom de voz que eu podia jurar que era fingido. — Um vizinho tão bom! Não dá para reconsiderar?

— De jeito nenhum, dona Carminda. Eu e a Marta já tínhamos vontade de mudar para o interior faz tempo. Sabe, esta cidade não é mais como era há trinta anos... muita violência, poluição. Depois com esse vizinho novo, o escândalo todo, até polícia... Foi a gota d'água. Então decidimos.

— Vou sentir falta de vocês, são muito bons vizinhos. Mas se já está decidido... — disse a mãe.

— Mudamos amanhã. E querem saber da última? O velho, o Evaristo, quer alugar a casa. Disse que vêm três sobrinhos do interior pra trabalhar na capital...

— Ué, e por que não moram com ele na mesma casa? — de novo o tom de voz fingido da dona Carminda. — Uma casa tão grande, só ele e os gatos. Até ia ser bom para a reputação dele ter uma família. Ele também parece tão triste, coitado.

— Disse que os rapazes têm alergia a gatos, e ele não pretende se desfazer dos dele. Que gosta de privacidade, essas coisas. Então os sobrinhos ficam na outra casa. Acho que mudam logo.

— Estranho, né?

Antes que a dona Carminda começasse seus infindáveis argumentos contra o velho, a mãe se despediu e entrou em casa. E, como sempre, a vizinha continuou o ataque para cima de mim:

— Bonita a sua namorada, hein, Lucas?

— Ué, como é que...

— Eu sei? Ora, eu vi vocês dois juntos lá no *shopping center.* Uma graça de garota. Ela é bem morena, não é? Vão sair uns filhos lindos, café com leite...

Deu um sorriso mais falso ainda que o tom de voz e entrou para dentro da casa. Fiquei ali meio besta, sem entender direito o

que ela queria dizer. Que a gata era bonita, eu estava cansado de saber. Mas que história era aquela de filhos café com leite? Que conversa mais besta, pô!

Por falar nisso eu precisava cantar a mãe para fazer um jantar caprichado pra Lorena, queria trazer a gata em casa faz tempo. Depois, quem sabe, ela também me convidasse para conhecer a casa dela. Nunca tinha visto nem o pai nem a mãe dela lá no colégio.

Do portão de casa olhei a casa do seu Evaristo; ele acabava de sair em direção ao açougue. Quando é que chegariam os tais sobrinhos do interior? Eu não me chamaria Lucas se não descobrisse, a curto ou médio prazo, todo esse mistério!

5

Vizinhos novos/Teacher

Na semana seguinte, logo cedo, quando estava me preparando para ir para o colégio, tocou a campainha de casa. A mãe, ocupada com o Dani, gritou para alguém abrir. As queridíssimas nem tomaram conhecimento, ocupadas com maquiagem, cabelo, essas firulas de peruas. Sobrou para mim.

— Oi, Lucas, voltei.

— Vô, já? Mas que bom, pra falar a verdade, eu tava com a maior saudade...

— Então me dê aquele abraço, meu neto. — O vô me espremeu tanto que até fiquei sem ar. Ele sempre foi fortão, praticou muito esporte na juventude, só que depois parou e engordou muito. Por cima do ombro dele enxerguei a vó estacionando o seu fusquinha amarelo. Ela é toda metódica, fica cinco minutos fazendo baliza.

Outro dia ela chegou numa cidade do interior e ficou fazendo a tal baliza caprichada. Um morador da cidade só olhando...

Quando ela, finalmente, desceu do carro, ele não se conteve:

— Desculpe, dona, pra que o trabalho, se tem tanto espaço?

A avó era assim. Finalmente completou a baliza em frente de casa e veio na nossa direção, toda sorridente:

— Trouxe o João pra passar uns dias com vocês, porque eu vou viajar com a Dulce...

— De novo, vó? Você não cansa, não?

— Meu tempo é agora, filhote! Mas vejo que vocês têm novos vizinhos, está chegando mudança...

Eu e o vô prestamos atenção. Tinha um caminhão parado, descarregando uns móveis. E o seu Evaristo conversava com três rapazes, que deviam ser os tais sobrinhos dele.

Ficamos olhando um pouco, depois entramos em casa. Chamei pela mãe, que logo apareceu com o Dani no colo, enrolado numa toalha.

— Deixe eu ver essa gracinha — disse a vó, pegando o bebê. Depois comentou: — Já viu os seus novos vizinhos, filhota? Pelo que eu pude ver, são bem distintos.

— Uns mauricinhos, isso sim — completei.

— "Mauricinho", que negócio é esse?

— Ora, vó, pelo que eu pude ver, são uns deslumbrados, metidos à besta, é isso aí.

— Acho que estou ficando velha — resmungou a vó. — Já nem entendo o que um neto fala.

— Mas o vozão aqui, que está muito enxuto ainda, entende.

— O vô me apertou de novo. E, antes que a mãe mandasse, lá fui eu arrumar a cama dele. Mas, sinceramente, eu gostei que o vô tivesse voltado. Era um companheirão para bater papo de madrugada, a melhor hora do dia, quando as donzelas já estavam dormindo, o pai e a mãe idem, e o Dani dava um pouco de sossego.

No dia seguinte pus a turma a par dos últimos acontecimentos, a mudança dos três mauricinhos. A turma não ligou muito e até o Marinheiro falou, meio assim no sarcasmo, que, quando eu passasse por eles, devia bater continência. Vai ver eram os príncipes herdeiros da Inglaterra que tinham alugado a casa. Então o

Mocreia disse que eu devia me vestir só de terno e gravata, como eles. Dois panacas.

Daí a conversa parou, porque a aula do *teacher* é superinteressante. Aula é modo de dizer, porque a matéria dele é Português, mas rola tudo... Ele costuma dizer que a melhor matéria é a vida! Nesse dia a gente discutiu o problema da terceira idade. O *teacher* sugeriu que a gente fizesse um debate, comparando a situação dos velhos (que ele chama de idosos) aqui no Brasil e nos outros países, principalmente nos ditos desenvolvidos...

Cada um também contou como viviam os velhos da família. Tinha gente que nem lembrava o nome do avô ou avó, e isso achei superestranho. Teve outros que sabiam o nome mas não sabiam o paradeiro, mais estranho ainda. Fiquei me sentindo o maior ET, porque lá em casa rola vô e vó quase toda semana (os pais do pai também aparecem por lá), sem falar no vô João que mais vive na minha casa que na dele.

Daí o Alemão contou uma história triste: que o avô dele, que é viúvo, mora num asilo. E que duas vezes por ano, no aniversário do velho e no Natal, a família vai lá e leva presente, essas coisas. No resto do tempo, só telefona e paga as contas. E que o pai dele reclama pra burro de ter que pagar, porque a aposentadoria do velho é uma titica, não dá nem para os remédios.

Então me lembrei do professor Sansão e da dona Dalila (que seja), e do que ela me disse, no dia seguinte ao que eu o arrastei para a calçada.

— Nem sei como agradecer, meu filho, você me devolveu a vida.

— A senhora tá confundindo, foi o seu Sansão que eu livrei do carro, na avenida.

— Você livrou o Sansão e garantiu a minha vida, meu filho — continuou ela, os olhos marejados de lágrimas. — Não temos filhos, somos só nós dois. Já imaginou se ele me faltasse? O que seria de mim?

Fiquei olhando para a dona Dalila, e me deu um aperto no coração. Pô, gente, ficar velho, sem filhos nem netos, e se um deles batesse as botas? O outro ia ficar sozinho, e ainda por cima, se fosse a pobre da velhinha, completamente desamparada. Com a pensão da previdência, não pagaria nem o aluguel, quanto mais o resto! Ainda bem que eu estava bem atrás do professor Sansão naquela bendita avenida. Eu fui o anjo da guarda dele!

Essa, infelizmente, é a nossa realidade, porque o *teacher* contou que, na Flórida, nos Estados Unidos, há condomínios para velhos que vivem sozinhos (a maioria viúvas, porque vivem mais tempo), onde o serviço doméstico é todo feito por funcionários, e, se o velhinho ou velhinha cair, dentro do apartamento, há botões espalhados para pedir ajuda. Legal!

O debate ficou aceso e cada um deu sua opinião. Então o *teacher* pediu que todos fizessem uma redação sobre o assunto. A aula dele é sempre assim. Debate-se um tema, depois a gente escreve sobre ele. Aliás o *teacher*, na verdade, é escritor. Mas como é raro escritor brasileiro que possa viver só de literatura, ele leciona para garantir a grana. Ele é solteiro e mora com a mãe, bem velhinha.

— Mas, professor, eu vou fazer engenharia, pra que tanta redação?

— E, por acaso, engenheiro não precisa saber escrever? E se você for defender uma tese de mestrado, ou doutoramento depois? E se mandar um trabalho para um congresso? Em qualquer profissão, Lucas, saber se comunicar é fundamental.

— Mas eu detesto escrever, professor.

— Será? Você também achava que detestava ler e no entanto até que tem lido ultimamente.

— Ah, o *Dom Casmurro*? Tirando um pouco de lorota, do nhém-nhém-nhém, até que foi legal, sim. Me deu um frio na barriga naquela hora em que ele quase envenena o Ezequiel, pô! E se fosse filho dele?! E mesmo que não fosse, que ódio, meu!

— Isso é emoção, Lucas, que só um grande escritor, como o Machado de Assis, é capaz de despertar num leitor!

— Pensando assim, ele é um baita escritor mesmo, porque fiquei até engasgado. Não conseguia tirar aquilo da cabeça, parecia até aqueles filmes que eu adoro.

— Que filmes? — quis saber o *teacher*.

— De suspense ou de terror. Vou lhe contar um segredo. Outro dia estava assistindo um filme desses, quando vi um vulto espiando pela janela da sala.

— Imaginação sua, Lucas.

— Foi o que a mãe falou. Mas sabe que depois de mim muitos vizinhos também viram o tal cara? Rolou a maior paranoia na rua, veio televisão, até polícia.

— E descobriram alguma coisa? — Ele parecia interessado na história.

— Que nada! Acusaram um velho que mora sozinho com um monte de gatos. Mas a polícia investigou e encerrou o caso, porque não achou nenhuma prova. Mas ninguém acreditou.

— Está vendo como nasce um escritor, Lucas? Você mesmo está dando a receita.

— Essa eu confesso que não entendi.

— É muito simples: o segredo de ser um escritor é observar o mundo à sua volta. O resto acontece.

6

Férias/Shopping

Finalmente chegaram as férias, uau! Pena que não podia arrasar com a turma, porque o Alemão foi para a praia com a família e o Mocreia, para o interior. Prometeram que voltariam antes que as férias acabassem. O Marinheiro levou bomba e ficou de castigo em casa. Eu dificilmente viajava, porque o salário do pai mal dava para as despesas. Mas, de qualquer forma, sempre adorei as férias; a cidade ficava vazia, o trânsito melhorava. Era como se ela fosse feita de encomenda, só para mim.

Ainda bem que me restou a Lorena, e não era pouco. E a gente foi curtir nos *shoppings* da vida. Até que era legal! Pegar um cineminha, depois pão de queijo, doce, sorvete. Jogar conversa fora, mergulhar naqueles olhos de ressaca, trocar uns beijinhos diante da cara feia dos seguranças.

Numa dessas tardes em que eu andava de mãos dadas com a minha gatíssima, esquecido de tudo, uma voz falou bem atrás da gente:

— Ei, Lorena!

Demos meia-volta juntos e lá estava um garotão, mais velho do que eu, fortão, pinta de atleta, boné americano na cabeça, que eu conhecia de vista lá do colégio. Ele me ignorou e continuou falando com a Lorena:

— Te flagrei, hein?

A Lorena ficou vermelha. Tive a impressão de que ela tomou o maior susto. Quando recuperou a fala, disse:

— A gente não tá fazendo nada de mais, só passeando...

— Tô vendo — replicou o outro. — A dona Helena sabe disso? Ou tá pensando que a filhinha dela tá estudando na casa da amiguinha?

— Não enche, Ronaldo, cuida da tua vida, tá? Não te dou o direito de...

— Falou. A gente se acerta depois. Te cuida, tá?

— Peraí, cara! — me intrometi.

O garotão nem se dignou olhar para mim e saiu embalado num tênis tamanho 43 ou 44. Não ia dar para encarar mesmo, nem que eu quisesse. Virava farofa de Lucas. Mas que diabo era esse tal Ronaldo? Como é que falava assim com a Lorena, como se fosse o dono dela?

— Quem é esse cara, Lorena?

Ela murmurou entredentes:

— Meu irmão.

Fiquei pasmo. A Lorena era uma morena clara (uma morena jambo, como diria a vó, que tem uma forma toda especial de falar, parece até que é outro idioma) e o garoto que falara com a gente era negro. Como é que podiam ser irmãos? Só se um deles fosse adotado...

— Eu sei o que você está pensando, Lucas — respondeu a Lorena, como se tivesse recebido mensagem telepática. — Será que dá pra tomar um café?

— Claro!

Sentamos numa das mesinhas, depois fui buscar dois cafés com pães de queijo que a gente adorava. Dei um tempo, a Lorena parecia nervosa. Até que resolveu falar:

— É difícil pra mim tocar nesse assunto, Lucas. Esse problema eu carrego a vida inteira.

— Pois divida comigo, tá? Problema desabafado é metade resolvido. Faça de conta que sou seu psiquiatra... E olhe que não cobro nada.

— Não brinque, Lucas. — A Lorena estava séria. — Tenho sofrido muito com isso e acho que até preciso de uma terapia mesmo, para me ajudar com os meus grilos.

— Pô, desabafe, menina, não pode ser tão terrível assim. Você até parece que é um ET vindo do espaço...

Ela suspirou fundo:

— Pois é como eu me sinto às vezes, Lucas. Um ET! E sabe por quê? Meu pai é estrangeiro, alemão naturalizado brasileiro. É mais loiro que você, alto e forte como o meu irmão. A minha mãe é... negra.

— Ah, agora tá explicado. Por isso que o seu irmão é negro também. Até pensei que um de vocês fosse adotado. Mas nunca que ia perguntar, né?

— E isso não o choca?

— Como assim? O fato de a sua mãe ser negra e seu pai branco, e cada filho ter saído de uma cor?

— É, isso mesmo. O que você faria se não soubesse de nada, tivesse chegado na minha casa, uma mulher negra atendesse a porta e dissesse que era a minha mãe?

— Ora, diria: eu sou o Lucas, colega da sua filha, muito prazer dona Helena, é esse o nome dela, não é?

— Mentira! — O rosto da Lorena agora estava rubro.

— Ué, mentira por quê?

— Porque isso não existe, essa tranquilidade toda. Vai dizer que pra você não faz a menor diferença?

— Tá legal, Lorena, tá legal. Confesso que fiquei meio espantado quando você disse que o Ronaldo era o seu irmão. Já disse, achei que um de vocês fosse adotado. Mas agora que você explicou, a natureza tem dessas brincadeiras mesmo. Um saiu ao pai, outro à mãe. Podia ser comigo, não podia?

— Você tá brincando comigo.

— Por quê? E se minha mãe fosse branca e meu pai negro, por exemplo, e eu moreno claro como você, ou mesmo negro como o seu irmão? Ia fazer diferença?

— Ia — respondeu a Lorena, seca.

— Você é que tá brincando, agora.

— Estou não, Lucas, juro que não. Você leva na brincadeira porque não é na sua pele. Você não imagina o que já passei, as situações de discriminação. Ver minha mãe ser barrada em elevador social, vigiada em supermercado. Uma vez, eu estava experimentando uma roupa, ela chegou depois, entrou na loja e mandou me chamar. Sabe o que a balconista me disse?

— Nem imagino.

— A sua empregada está esperando por você.

— Essa vendedora era uma cretina.

— E como você pensa que a maioria age? É muito fácil dizer que não tem preconceito, mas todo mundo tem. Você mesmo. A gente ainda é jovem, mas se fosse pra valer, será que você encarava? Será que se arriscaria a ter filhos negros?

— Poxa, assim você tá me ofendendo. Acho que a racista aqui é você. Tem isso também, sabia?

— Isso o quê?

— Autorracismo, gata. Você não aceita ser negra e fica transferindo isso tudo pra cabeça dos outros...

— Conversa fiada.

— Ah, é? Pois me prove o contrário. Eu repito: pra mim não fez nenhuma diferença até agora. Vamos lá: ligue para a sua mãe e diga que vai jantar comigo. Quero que você conheça a mãe, o pai, meu avô. É uma casa simples, vou avisando, mas eles são legais...

A Lorena me olhou tão fundo, que pude ver toda a angústia dentro dos seus olhos. Não devia ser fácil mesmo. O que eu entendia de preconceito? Garoto branco, loiro, que nunca fora discriminado na vida... Como diria a vó, "areia nos olhos dos outros é colírio". Liguei para casa e avisei a mãe que ia levar uma colega pra jantar. Ela disse pra eu passar na padaria e levar uma dúzia de pães. A mãe tem mania de pão. Sempre diz que lar que se preza tem de ter cheiro de pão quente.

— Ué, mãe, pão frio não cheira?

— Tem de ser pão saído na hora, quentinho.

Eu e a Lorena fizemos mais um pouco de hora no *shopping*, depois tomamos um ônibus para casa. Quando viramos a esquina da rua, dei com uma Kombi parada na frente da casa dos sobrinhos do seu Evaristo. Estavam entregando umas caixas onde se lia: CUIDADO, FRÁGIL.

Ué, pensei, a mudança já chegou, que serão essas caixas? Talvez máquinas para escritório. Mas escritório de quê? Se eles fossem profissionais liberais, sei lá, a dona Carminda, que era pior que torturador, já teria arrancado isso do seu Antenor (se é que ele sabia, lógico).

Eu precisava urgente descobrir o que continham aquelas caixas.

7

Prova dos nove

Cheguei em casa ardido de curiosidade. A mãe abriu a porta e apresentei:

— Esta é a Lorena...

— Muito prazer, entre, não repare, com criança pequena a casa fica sempre uma bagunça.

A mãe caprichou no jantar e a Lorena elogiou a comida. Fi-

cou em casa até umas nove horas, mais ou menos, depois o pai dela veio buscá-la. Era como ela tinha descrito, um homenzarrão loiro, de olhos azuis. O filho tinha o mesmo porte atlético do pai.

Depois que a Lorena saiu, a mãe, ainda pondo ordem na cozinha, comentou, assim de passagem, como quem não quer nada:

— Você já conheceu a mãe dela?

Distraído com a TV, retruquei:

— Mãe de quem?

— Da Lorena.

— Não, ainda não. Só o irmão, a gente se encontrou no *shopping*.

— E como ele é? — insistiu a mãe.

— Ele quem, o irmão?

— É, o irmão da Lorena. Loiro como o pai?

Percebi onde ela queria chegar. E resolvi encarar. Dei um pulo na cozinha:

— Abra, dona Celeste, vamos nessa. O que a senhora quer saber, de verdade?

— A Lorena é morena e o pai dela é loiro... daí, ou ela é adotada ou a mãe dela...

— É negra. Tá satisfeita?

A mãe ficou em silêncio, um tempo que pareceu infinito. Droga! Esse mundo era complicado demais para o meu gosto. Será que, no fim de tudo, a Lorena tinha razão?

A mãe recuperou a voz:

— Engraçado o que a natureza apronta, né, Lucas? Parece até que se diverte com isso...

— É por isso que as pessoas são diferentes, ou você acha que devia ser todo mundo igual? Até os pães que a gente compra na padaria são assim... uns mais tostados, outros mais branquelas.

— Você tá rindo da minha cara, Lucas?

— Claro que estou, mãe, você é que devia ver a sua cara de espanto. Olhe no espelho...

Foi aí que o pai apareceu na porta da cozinha. Eu nem tinha

ouvido ele chegar, sempre foi meio quieto, desligado, a mãe até levava susto, dizia que parecia fantasma.

— Pra sua mãe o mundo devia ser todo feito de gente igual — disse ele, num tom irônico.

— Agora virou complô, beleza!

— Uma vez na vida, admita, Celeste. Você não gosta de gente diferente, nem de artista nem de...

— Pra mim chega — interrompeu a mãe. — Vou cuidar do bebê.

Mas o pai não estava para brincadeira:

— Por que você sempre foge da raia, fica em cima do muro? Garanto que seria bem mais feliz se tivesse casado com um almofadinha, que batesse ponto em qualquer secretaria por aí. Você nunca deu valor para o meu trabalho, assuma!

— Tá descontando em mim o seu salário atrasado? Pois admito sim, seria bem mais feliz. Pelo menos não teria de ficar contando trocados, isso quando eles aparecem, claro!

— Tempo! — O avô apareceu na porta da cozinha e pôs ordem no pedaço. — Que discussão é essa na frente das crianças?

— Que criança, pai, o Lucas já está até de namorada. Eu é que não aguento mais...

— Nunca enganei ninguém — continuou o pai. — Você sempre soube que a música é a minha vida. Não tenho culpa se a gente vive num país que não dá valor nem para artista nem para cientista...

— Música, música — repetia a mãe, entredentes. — Arte é bom pra quem nasce rico e pode se dar ao luxo. E que eu saiba, você não se encaixa nisso.

Virou as costas e foi cuidar do Dani. O pai, de um jeito que me deu muita pena, voltou para a sala e se atirou no sofá. O avô foi atrás dele:

— Dê um desconto, José, ela está nervosa, só isso.

— Não é só isso e o senhor sabe muito bem. Responda, sinceramente, como pessoa sensata que é: eu tenho culpa de amar tanto a minha profissão, de querer viver da música?

— Não, meu filho, você não tem culpa nenhuma, é uma vocação maravilhosa. A culpa é desse país, como você bem falou. Ninguém dá valor pra cultura. Quem tem uma chance se manda para o exterior. Quem fica, é aquela luta!

— Mas se todo mundo for embora... — entrei na conversa sem ser chamado. — O país perde todos os seus talentos? A gente não fica mais pobre?

— E será que a gente ainda pode ser mais pobre? — O tom de voz do pai era dolorido. — Temos 20% de analfabetos, o dobro do Peru, a porcentagem dos que completam o ensino fundamental é 39%, igual à dos países mais pobres da África, como Angola. Que dizer da música? Um músico brasileiro não ganha nem pra comprar um instrumento decente, quanto mais se sustentar ou à sua família...

— Não desanime, meu filho — consolou o vô. — Cada um tem seu destino e o seu é a música. Vale a pena lutar pela realização de um sonho, seja a que preço for.

— É fácil falar isso, seu João, quando se está numa situação confortável como a sua. Que perspectivas tenho pela frente? Não conseguiria melhorar de vida nem que quisesse mudar de profissão. Ainda mais num país onde o cidadão com quarenta anos, ou até menos, já é considerado velho.

— Você está sendo injusto comigo e com você também — rebateu o vô, mas sem alterar a voz. — Sabe quantos anos eu levei para chegar a essa situação que você chama de confortável, meu filho?

— Desculpe, eu estou nervoso também.

— Lutei muito na vida, José — continuou o vô. — Quando me formei advogado, era um jovem idealista e pobre, que conseguiu estudar graças a um emprego de meio período. Aluguei uma pequena sala, no centro da cidade, nem telefone eu tinha. Passava os dias esperando pelos clientes. Já era casado, e, como minha mulher sempre trabalhou, a gente dividia as despesas.

— Puxa, vô, você não tinha nenhum cliente mesmo? — perguntei, espantado.

—Nenhum — o vô riu. — Até que, um dia, uma santa criatura tocou a campainha dizendo que vinha recomendado por um amigo comum. Foi o meu primeiro cliente. Lembro desse dia com emoção até hoje...

— Daí vieram os outros — completei.

— Aos poucos, Lucas, aos poucos. Mas aquele primeiro cliente me entusiasmou tanto que dei tudo de mim. E, um a um, os clientes foram falando para os outros que eu era um bom advogado, que lutava pelos interesses deles. E assim, dentro de alguns anos, me tornei um advogado famoso e requisitado.

— Falando assim parece tão fácil — suspirou o pai, deprimido.

— Nada é fácil na vida, José. Se fosse, que graça teria? Em qualquer atividade humana é preciso paciência, saber esperar. Quantos anos um artista trabalha no anonimato, para depois explodir em sucesso? Mas ninguém sabe o quanto ele persistiu para chegar até aquele maravilhoso momento.

— Puxa, vô, como você fala bonito. Que pena que você se aposentou. Justo agora que eu poderia assistir a um júri. Você devia dar o maior baile, hein, vozão?

— Ponha baile nisso — o pai sorriu, pela primeira vez naquela noite. — O seu avô foi um dos melhores advogados criminalistas que já conheci na vida. Tive o privilégio de assisti-lo em ação. Confesso que, na plateia, cheguei a ficar arrepiado de emoção. Imagine o júri.

O vô sorriu, todo feliz:

— Dei o melhor de mim, agora só quero sombra e água fresca. Deixo a luta para os jovens, como você, José. Ouça o conselho de alguém que já sofreu e lutou muito: não desista. A vida só vale a pena quando se tem um grande sonho!

— Vou tentar — disse o pai, e eu senti um baita orgulho dos dois.

8

Madrugada tumultuada

Mais tarde, quando eu e o vô fomos para o quarto, continuamos a conversar sobre os últimos acontecimentos. Ele quis saber o que a mãe tinha falado para mim que deixara o pai nervoso daquele jeito. Então comentou:

— Engraçado que a Celeste pense assim... Nem eu nem sua avó somos pessoas preconceituosas, pelo menos a gente tenta não ser...

— A Lorena falou exatamente isso. Que todo mundo pensa que não tem preconceito mas tem. Ela disse que se eu estivesse no lugar dela também teria o maior grilo.

— E você gosta mesmo dessa garota?

— Estou de quatro.

— Isso quer dizer que está totalmente apaixonado? — traduziu o vô.

— Sim.

— E o que pretende fazer?

— Nada.

— Como, nada?

— Vou deixar como está pra ver como fica. Eu curto a Lorena e não é porque ela tem mãe negra e pai branco que vou desistir dela. Também não vou ficar brigando com a mãe. Ela que pense o que quiser...

O vô parecia interessado no assunto:

— Mas suponha, só por um instante, que o namoro continue... vocês entrem na faculdade, e mais tarde resolvam se casar... você tem consciência do que isso significa, não?

— Ah, diga logo, vô, não fique em cima do muro, tá? Eu tô cheio de gente que fica em cima do muro, como a mãe.

— Você teria como sogros os pais da Lorena.

— A mãe dela, principalmente, é isso o que senhor quer dizer?

— Muito mais que isso, filho. Você também poderia ter filhos mulatos e até negros. Já pensou nisso? A genética é uma coisa extraordinária, mas não brinca em serviço. Pode até pular gerações, mas não esquece...

— Pelo amor de Deus, vô! Faz seis meses só que eu conheço a Lorena. Esse namoro tanto pode dar certo como acabar na semana que vem. Mas garanto uma coisa: se der certo, e ninguém mais torce por isso que eu, eu assumo a Lorena, a mãe dela, os futuros filhos, venham da cor que vierem, sem grilo. Afinal, não somos uma população de mestiços? Ou será que somos a "pura raça ariana", que Deus me perdoe?

— Falando em raça ariana, o interessante da história é que justamente o pai dela é alemão e assumiu uma mulher negra. Ele deve gostar muito dela e também não ter preconceito. Sabe que só por isso eu já o respeito?

A gente estava nesse papo-cabeça, quando adentrou o recinto o pai, com o travesseiro debaixo do braço e cara de Jesus Cristo.

— Me empreste um cobertor, Lucas, que eu vou dormir no sofá da sala.

— Ué, por quê?

— Não tem clima para eu ficar no meu quarto. Sua mãe nem olha pra minha cara e não consigo dormir na mesma cama com alguém assim...

A coisa era tragicômica. Fiquei morrendo de pena do pai, mas também me deu uma baita vontade de rir. Antes que eu fizesse besteira, ofereci:

— Durma aqui, pai, eu vou pro sofá. Você tem problema de coluna, tá lembrado? Se voltar o torcicolo, como é que vai tocar violino?

— Você tem razão, Lucas, o próximo concerto é na semana que vem. Torcicolo nem pensar.

Deixei o pai batendo papo com o vô, todo refestelado na minha cama, e lá fui eu para o sofá da sala, velho e duro como cama de monge medieval. Só mesmo por amor filial e torcicolo paterno é que podia encarar aquela fria. Por que será que sempre sobra para mim?

Daí deu sede, fui beber água, depois voltei para a minha cela, digo, sala. Espiei pela janela e, automaticamente, para o fim da rua. Gozado, já era bem tarde, mas a casa dos sobrinhos do seu Evaristo estava toda iluminada, como se fosse festa. Que diabo de escritório que funcionava até de madrugada? Bem, eles também moravam lá, e vai ver que eram corujas como eu e o vô. Não sei por que eu cismava tanto com essa família, pô! Já não chegava a família buscapé que eu tinha?

Na manhã seguinte, o clima em casa estava pesado. A mãe continuava não falando com o pai que, mais calado que tatu na toca, saiu de fininho, violino debaixo do braço. O pior de tudo é que ainda tinha de tomar condução, porque a velha Brasília tinha sido levada num assalto.

O pai estava voltando para casa, quando o assaltante, arma na mão, o rendeu num farol. E mandou que saísse devagar do carro. Só que o pai não ia deixar o violino dele, mas nem que fosse uma quadrilha inteira. Tinha de levar ele junto.

— Fique frio, vou me virar pra pegar o violino, que é o meu ganha-pão, sou músico, tá legal? Daí eu saio e você leva o carro numa boa...

— Tu toca mesmo violino, ou tá me enrolando, cara?...

— Toco, sou músico numa orquestra.

— Olha, cara, pode pegar o teu violino aí. Se eu tivesse tido chance na vida, eu tava tocando violino em alguma orquestra também... te arranca!

O pai nem pensou duas vezes: apanhou o violino, pulou do carro e o outro saiu cantando pneu.

O pai jura por tudo que é sagrado que foi verdade. A mãe, sempre descrente, aposta que ele vendeu o carro, lá na feira de carros usados, pra pagar conta atrasada. Eu confesso que fiquei dividido: será que a mãe é tão preconceituosa que não aceita que um marginal possa gostar de música? Ou será que o pai, além de bom músico, também é bom de lorota? O vô fechou com o pai, mas a vó disse que a mãe estava coberta de razão.

Uma coisa é certa: por aquele violino ele faz qualquer coisa.

Quando teve enchente aqui na rua e a água entrou em casa, a mãe desesperada botando as coisas em cima da mesa, do sofá, da cama... o pai entrou todo apavorado pela porta adentro, berrando: "Cadê meu violino, teve goteira no quarto, molhou o violino?". Enquanto não encontrou o bendito violino sequinho dentro da caixa, não sossegou. Depois é que se preocupou com o resto. E, por resto, entenda-se também a família.

Desde esse dia, a mãe não perdoa, cai de pau. Eu entendo os dois. Ela é prática, gosta do pão quente, quer segurança, tranquilidade; ele é artista, meio desligado, e sabe muito bem que, se perder esse violino, que levou anos pra comprar, jamais terá outro igual. Como ele mesmo diz, é o ganha-pão dele. Ele ama aquele violino de paixão!

O pai fez de tudo para que a gente estudasse música. Comprou até um piano usado. Na hora da aula, eu enchia o teclado de chicletes... até que o pai desistiu. E a mãe, mais que depressa, vendeu o piano.

Como sempre, procurei ficar na minha, os coroas que se entendessem. Afinal, eles brigavam muito, mas sempre acabavam fazendo as pazes. Mais ou menos como o vô e a vó (esta, aliás costuma dizer que "em briga de marido e mulher, ninguém deve pôr a colher").

E, para me distrair ainda mais dos probleminhas caseiros, pintou outra confusão na minha rua. Engraçado, era uma rua tão sossegada. Nos meus anos todos de vida, eu nunca tinha visto uma confusão. Gente pacata, que saía e entrava em casa, cumprimentava os vizinhos numa boa, não causava qualquer conflito. Mas desde que o tal velho se mudara para lá, não se passava uma semana sem novidade.

Começou quando sumiu o cachorro da garota que mora bem em frente à minha casa. Foi aquela choradeira, a menina ficou até doente de tristeza. Os pais espalharam faixas pelo bairro, pedindo a quem encontrasse o *minipoodle* que telefonasse, coisas assim. Era um bichinho que parecia de brinquedo, todo branco, tratado a pão de ló pela dona.

Depois sumiu o amado vira-lata branco e preto da dona Dalila, velho e pacato, que vivia dormindo. E mais um da casa vizinha e outro e outro... parecia que todos os cachorros ali da rua — independentemente de raça ou cor — tinham feito um pacto de sumiço geral, para desespero dos donos.

E, para variar, já que a paranoia continuava latente, puseram de novo a culpa no velho Evaristo.

9

Esquenta o clima

Só que, dessa vez, ninguém chamou a polícia, porque já pressentiam que o seu Evaristo seria intimado, sua casa revistada e, como da outra vez, não seria encontrado nenhum indício. Então, resolveram agir por conta própria.

O pessoal se juntou e contratou dois vigilantes, um diurno e outro noturno, que se revezariam guardando as casas, as crianças, os cachorros, e até os periquitos e papagaios se houvesse. E vigiando, disfarçadamente, o seu Evaristo, claro!

Só que o tiro saiu pela culatra, ou o feitiço virou contra o feiticeiro. Ou melhor dizendo, o circo pegou fogo, e ele veio de onde menos se esperava.

Acontece que na rua morava um cara que nunca foi muito bom da bola, coitado. Todo mundo sabia disso e maneirava quando ele se punha a falar. Principalmente porque a mulher dele era uma pessoa muito boa e os filhos também.

O cara era perito em contar histórias mirabolantes. A preferida, que eu já ouvira dezenas de vezes, é que recebera de herança joias muito valiosas que ele guardava num cofre de banco.

Um dia o homem sumiu, sem deixar vestígio. Dias depois a família desesperada recebeu pedido de resgate pelo telefone. O problema é que eram pobres e mal sobreviviam com o trabalho da mãe e a pequena pensão do pai.

Foi aquele sururu dos diabos... chama a polícia, não chama a polícia, até que o Sansão teve uma ideia luminosa. Como tinha um parente que trabalhava num jornal muito popular, conseguiu uma reportagem exclusiva, contando o caso todo, sem dar nome ou endereço, mas de forma a alertar os sequestradores de que o sequestrado era doente mental, e pobre.

Por uma sorte grande o vizinho foi devolvido são e salvo. Os vigilantes é que jamais apareceram novamente para vigiar o que quer que fosse.

Em casa, porém, a coisa continuava feia: a mãe dessa vez fechou a cara por dias seguidos. E, como a vó continuava viajando, o pai continuou dormindo na minha cama, dividindo o meu quarto com o vô. E eu, em plenas férias, dormindo naquele miserável e duro sofá, como se estivesse fazendo penitência.

Mas, como tudo estava rolando ma-ra-vi-lho-sa-men-te com a minha gata Lorena — a gente no maior *love* da paróquia —, também deixei rolar...

Um dia, cansado daquele clima, o vô perguntou:

— Minha filha, como é que fica esta situação? O seu marido não pode dormir indefinidamente no meu quarto...

— No quarto do Lucas, o senhor quer dizer...

— É, no quarto do Lucas — respondeu o vô. Em seguida passou por mim, de cara fechada. Como ele era sempre risonho, estranhei e fui atrás dele.

— Acho que estou sendo demais nesta casa — desabafou. — Nem a minha filha me compreende. Vou voltar pra minha casa hoje mesmo.

— Mas não pode fazer isso, vô.

— Não posso por quê? O que me impede? Sou maior de idade, vacinado e a Constituição me garante o direito de ir e vir, por isso já estou fazendo a mala...

Eu vi que o vô não estava para brincadeira, porque, quando ele começava a falar dos seus direitos de cidadão, a coisa engrossava para valer. Corri até o quarto da mãe, onde ela trocava o bebê:

— O vô tá indo embora...

A mãe até assustou:

— Indo embora, pra onde?

— Ué, pra casa dele. Disse que você não quer mais ele por aqui...

— Que besteira! Isso é birra de velho.

— Não, mãe — continuei, aflito. — Já tá fazendo a mala. Vai voltar lá para o casarão. Eu tô avisando: não vou deixar ele sozinho, enquanto a vó está viajando. Se ele for, vou também.

A mãe levantou os braços:

— Ai, minha Nossa Senhora! A senhora, que também é mãe, me ajude a entender esta família! — daí catou o Dani meio pelado e foi, como general em campo de batalha, até o meu quarto.

O vô já estava terminando de fazer a malinha dele, falando sozinho:

— É isso que dá a gente ficar velho. A mulher some com uma amiga, a única filha enxota a gente da casa dela, como se fosse um cachorro sarnento...

— Deixe de besteira, pai, tire essa roupa da mala — ordenou a mãe.

— Se estou sobrando, já estou saindo — disse o vô, lágrimas nos olhos.

— Deixe de ser chantagista, pai, não falei por mal, estou nervosa com essa história do José, tantos dias dormindo aqui com o senhor, o Lucas na sala, esta casa virou um pandemônio...

— Não é minha culpa.

— Ótimo, agora a culpada de tudo sou eu. Tá bom, sou a bruxa da casa. Mas tire essa roupa da mala senão vou ter uma crise histérica como o senhor nunca viu antes.

— A chantagista agora é você — disse o vô, feliz da vida, começando a tirar as roupas da mala.

Valeu por uma coisa. Na hora do jantar, quando o pai chegou, a mãe falou para ele, meio seca, mas falou:

— Faça o favor de deixar de ser criança e voltar para o seu

quarto, porque o Lucas está ficando com problema de coluna naquele maldito sofá velho.

— Verdade, Lucas?

— Pra ser franco, pai, eu tô pagando todos os meus pecados naquela cama de faquir.

O pai voltou para o quarto dele, e eu voltei para o meu. A paz, mal ou bem, voltou a reinar no meu lar. E, para completar a felicidade geral da nação, dona Carminda apareceu:

— O que acharam dos sobrinhos do velho?

— Minha mulher achou distintos — disse o avô. — Pra falar a verdade, achei os caras meio arrogantes.

— Mas é isso mesmo, seu João. Eles não falam com ninguém da rua. Mal saem de casa, pelo menos nunca vi, e olhe que tenho passado sempre por lá... até mandei a minha faxineira oferecer serviço, afinal, três rapazes solteiros...

— E eles aceitaram?

— Mal abriram a porta, já foram despachando a mulher, que não precisam, eles mesmos cuidam de tudo... Não é estranho?

— Vai ver eles são autônomos — desconversou o vô. — Trabalham em casa e entregam o serviço pronto.

Dona Carminda não desistia fácil:

— Mas que tipo de trabalho? Até pensei que fossem advogados, mas daí teria placa na porta, não é? Ou comerciantes, sei lá, mas de portas fechadas? Será que são artistas?

— É uma ideia. — O vô também estava curioso, eu percebi.

— Mas que tipo de artista? Pintor, escritor, desenhista? Ou será que são atores?

— Atores, não — disparei. — A luz fica acesa a noite toda, como se estivessem trabalhando ou coisa parecida. Se fossem atores, trabalhariam fora, não em casa.

— Bem pensado — concordou dona Carminda. — Atores não são. Com aquela sobriedade toda, terno, gravata... eles parecem mais executivos, não parecem?

— Trabalhando em casa? Isso não combina — disse a mãe.

— Executivos trabalham em empresas.

— Vi outro dia chegando uns pacotes lá na casa deles — contei. — E estava escrito "CUIDADO, FRÁGIL". Vai ver são as máquinas que eles usam para trabalhar...

Dona Carminda afinal se despediu, disse que tinha de ir ao açougue. O vô piscou para mim e eu quase caí na risada porque tivemos o mesmo pensamento: era justamente a hora que o seu Evaristo ia comprar carne para os gatos.

O vô voltou a ler o jornal. A certa altura comentou:

— Não se fazem mais bancos como antigamente. Imagine só, Lucas, que num determinado banco aqui da capital está sumindo dinheiro da conta dos correntistas.

— Ué, como pode ser isso, vô?

— A notícia só diz que descobriram por acaso o desfalque. Deve ser gente lá de dentro do banco mesmo.

10

Novidades no front

Tempos depois, como sempre fazia, a vó voltou. Só que dessa vez ela tinha demorado bem mais do que o costume, parece até que esquecera da vida. O vô não comentava nada.

E quando ele abriu a porta, por coincidência, e a vó falou toda animada: — "Oi, bem, vim te buscar...", ela acabou levando o maior susto, porque o vô respondeu na lata:

— Pois pode ir dando marcha a ré no seu fusquinha, porque eu não vou sair daqui nem que a vaca tussa.

Ela ficou plantada na porta, de olho arregalado, sem saber o que fazer ou dizer. Tentei contornar a situação, convidando a vó para entrar. Meio murcha ela foi falar com a mãe, que foi logo despachando:

— Ah, essa não. Depois de velhos começarem a brigar? Se entendam, porque eu é que não vou tomar partido.

A vó resolveu encarar. Mas o vô estava irredutível. Não ia embora de jeito nenhum. Ela pediu, exigiu, suplicou, fez de tudo. O vô nem aí. Chegou uma hora que bateu o desespero nela:

— Mas eu não posso ficar sozinha naquele casarão. A gente sempre volta junto pra lá...

— Voltava — disse o vô. — Agora você vai voltar sozinha, porque já me acostumei a viver aqui. E sou muito bem querido nesta casa, não é, Celeste?

— Claro, pai! — suspirou a mãe.

— E eu não? — rebateu a vó.

— Foi ele quem perguntou, não foi? — contemporizou a mãe. — Os dois são bem-vindos. Acontece que não temos quarto de hóspedes e se a senhora também ficar...

— Sobra o sofá pra mim. Tenha dó, vó, eu adoro a senhora, mas aquilo é dose, parece cama de faquir...

— Mas isso é um absurdo, quem falou em ficar? Nós temos uma casa enorme, o mais certo era todo mundo morar junto, já pensou nisso, Celeste?

— Pensei e não dá certo, mãe. Vocês têm sua vida, nós temos a nossa. A senhora é que poderia maneirar um pouco, não deixar o pai tão sozinho. Ou pelo menos viajarem juntos.

— Eu tenho culpa se o seu pai é um comodista que não quer sair da poltrona? Não é justo eu ficar plantada em casa só porque ele não quer sair.

A coisa estava nesse pé quando o pai chegou da rua, literalmente jorrando fogo pelas ventas (como diria a vó, se estivesse menos perturbada). Se atirou no sofá e, pela primeira vez na vida, pediu:

— Guarde o violino pra mim, Lucas!

Levei o precioso violino até a cômoda do quarto, como se estivesse transportando a coroa da rainha da Inglaterra... e voltei correndo para a sala, porque a noite prometia.

O pai, refestelado no sofá, como se fosse um revolucionário depois de uma batalha, declarou:

— Entramos em greve!

— O quê? — A mãe quase teve um troço. — Você teve coragem de ir pela cabeça daqueles seus colegas malucos?

— Tive — disse o pai, olhos brilhantes de emoção. — Chega de ganhar aquele salário absurdo, e ainda por cima sempre atrasado. Esses miseráveis não têm a menor consideração com a cultura. A orquestra inteira entrou em greve. A gente só volta a tocar se receber os atrasados e conseguir um aumento substancial.

— Vocês estão certos — intrometeu-se a vó. — Eu faria a mesma coisa. Será que eles pensam que artista vive de vento, não tem que sustentar a família?

— E a senhora ainda dá força? — A mãe agora é que começava a soltar fogo pelas ventas. — E se ele for despedido, os músicos todos? Vão viver de quê? A senhora vive viajando, pensa que isto aqui é Estados Unidos, Europa, que tem orquestra em tudo que é canto? Aqui é Brasil, tem um punhadinho de orquestra por aí... e olhe lá.

— Então, por isso, ninguém vai lutar pelos seus direitos? E fica tudo na mesma...

— Olhe as crianças! — interveio o vô, porque a vó quando ficava brava era meio desbocada.

— Que criança, homem? O Dani ainda não fala, as meninas estão fora e o Lucas é um latagão. Continuo afirmando: se ninguém nunca reclamar, isto nunca vai mudar. A gente vai ser sempre quinto mundo, sei lá...

— Assim que se fala, sogrinha! — aplaudiu o pai. — A gente vai manter a greve a qualquer preço. Já tem músico sem dinheiro pra pagar aluguel, vai ter de morar em favela, como já tem muita gente fazendo?

— Quer vergonha maior do que ganha um professor? — reforçou a vó. — No meu tempo de moça, minhas tias professoras iam pra Europa, de navio, só com o salário...

— Isso eu também concordo — falou o vô. — Outro dia um amigo meu, médico, com mais de trinta anos de profissão, mostrou o contracheque dele, de aposentadoria de hospital público: uma vergonha! Ele disse que médico tem de trabalhar até morrer, senão não dá pra sobreviver.

— É tudo muito bonito na teoria — disse a mãe. — Mas se o José for despedido, eu quero ver quem é que vai pôr o pão aqui nesta casa...

— Enquanto eu viver, ninguém da minha família passará fome — garganteou o vô, que, pelo menos, estava numa situação financeira melhor do que a nossa.

— Deixe eu cuidar da janta, senão ninguém come é hoje — conformou-se a mãe.

— Não senhora, vamos pedir umas pizzas por telefone — sugeriu a vó. — Hoje é por minha conta.

— Ótimo, sogrinha! — O pai dirigiu-se para o telefone, e a vó ainda gritou:

— A minha eu quero de quatro queijos e massa grossa...

A mãe começou a pôr a mesa e eu fui destacado para esperar as pizzas, porque o número da nossa casa estava meio escondido atrás da trepadeira. Olhava a rua, distraído, quando escutei o ronco de uma motocicleta. Virou a esquina, a toda velocidade, e parou bem em frente da casa dos três sobrinhos do Evaristo. Era uma *big* máquina e, como ainda estava claro por causa do horário de verão, deu pra perceber que tinia de nova. Um deles — agora em traje esportivo, mas na maior estica — guardou a moto na garagem e, rapidinho, fechou a porta.

"Eta meu!", pensei. "O negócio nem bem começou e já tá rendendo lucro, que beleza! Quando se mudaram pra cá, não tinham nem carro..."

— Viu só? — falou uma voz atrás de mim. Era o professor Sansão, saindo para dar aulas. Ele leciona numa escola noturna em outro bairro.

— Que máquina, hein, seu Sansão? Parece que a turma aí tá dando certo na profissão...

— Mas que profissão, afinal? — O professor parecia curioso.

— Esse pessoal nunca sai de casa, não abre nem as janelas, não tem clientes... Você não acha muito estranho tudo isso?

— Pra falar a verdade, acho.

O professor se despediu, apressado, e continuei esperando as pizzas. Logo mais o entregador apareceu de bicicleta.

— Oba, estão quentinhas — comentei, entregando a gorjeta para ele.

— Os seus vizinhos são mais mão aberta — disse o rapaz olhando as moedas.

— Quem?

— Os rapazes que moram ali — ele apontou para a casa dos sobrinhos do seu Evaristo. — Nunca vi gente gostar de pizza desse jeito. Entrego quase todo dia.

Quem estava interessado agora era eu:

— Ah, é? Deve ser porque moram sozinhos e têm preguiça de cozinhar. Você já entrou lá dentro?

— Ué, por que eu entraria? Só entrego as pizzas no portão. Eles devem estar numa boa, né, com aquela máquina na garagem. E aqui nem parece rua de rico, não.

— Parece o que, então? — perguntei, divertido.

— Você já viu coisa igual aí nos seus vizinhos? Só lá mesmo na tal casa. E dão cada gorjeta que dá gosto. Devem ganhar fácil.

— Tá legal. Deixe eu entrar com essas pizzas senão esfriam. Da próxima eu capricho na caixinha.

— Falou.

Ele pegou a bicicleta e se mandou. E eu fiquei pensando com os meus botões que até o entregador de pizza já tinha notado aquela ostentação de riqueza. Era um mistério perfeito.

11

Detetives mosqueteiros

As pizzas estavam no ponto. Por um instante, todo mundo esqueceu seus problemas: o vô deixou de brigar com a vó, a mãe com o pai, e dei até uma chance para as duas donzelas gêmeas que habitam o mesmo espaço que eu. Hora de pizza é sagrada.

A gente estava numa boa quando tocaram a campainha. A mãe, como sempre, falou:

— Atenda, Lucas.

— Pô, quem será, a essa hora?

Eram os três mosqueteiros, digo, o Marinheiro, o Alemão e o Mocreia. Dois vindo das férias e outro fugido de casa. Lá da porta já sentiram cheiro de pizza e se convidaram para entrar. Por sorte, o pai tinha encomendado várias pizzas, e os três se regalaram. A vó, querendo ser gentil, puxou prosa com o mais comilão de todos:

— Como é mesmo o seu nome?

— Pode me chamar de Mocreia.

— Mas o que quer dizer Mocreia?

— Não tenho a menor ideia. Até já procurei no dicionário e não achei. Acho que eles inventaram...

— Eles quem?

— Os três panacas aí — apontou o Mocreia, boca cheia de pizza.

— Credo, gente, vocês não podiam ter inventado um apelido melhor para um garoto tão simpático?

— Acho que a senhora tá precisando de óculos, vó — falei.

— Olhe direito que o Mocreia é feio de doer.

— Mas que absurdo! — A vó adora essa palavra. — Por que você deixa que eles o tratem dessa forma? E a sua autoestima, Mocreia?

— Tá legal. Acho que não tenho nenhuma.

— Mas isso é péssimo. Você já sabe o que vai fazer quando terminar o colegial?

— Ah, pega leve, vó — pedi. — O Mocreia não tá preocupado com isso, ele quer mais é encher a barriga de pizza.

Foi aí que o Mocreia se pegou de brios. De repente, assim, como nuvem que forma em dia de verão e cai aquela baita tempestade:

— A dona Laura tem razão, vocês tiram o maior sarro da minha cara e tô cheio disso. Pra começar não quero mais que me chamem de Mocreia. Meu nome é Gumercindo.

— Até parece que mudou muito — riu o Marinheiro. — Se toque, Mocreia, a gente ama você de paixão, mesmo com toda a sua feiura.

O Mocreia olhou por baixo dos olhos pra Milena, que comia calada o seu quinto ou sexto pedaço de pizza. Mas ela nem aí. Só que a mãe não brincava em serviço:

— Pare de comer pizza, menina, que você já engordou uns dois quilos só hoje.

— Droga! — A Milena engoliu o último pedaço. — Tava demorando... A Mileide comeu muito mais que eu e ninguém disse nada.

— Comi coisa nenhuma! — rebateu a Mileide. — E depois quem precisa emagrecer nesta casa não sou eu!

— Ligue não, Milena — disse o Mocreia, pondo a maior ternura no olhar, tipo a Fera do filme do Disney. — Eu acho você a maior gatinha do pedaço.

— Até parece que a sua opinião importa muito — respondeu a Milena abespinhada.

Acabadas todas as pizzas, eu e a turma nos reunimos no meu quarto. Quem viajou contou das férias. Voltei a falar dos três vizinhos que agora tinham uma moto novinha.

— Vai ver receberam uma herança — disse o Marinheiro. — Ou ganharam na loteria esportiva.

— Pode ser. Mas até o professor Sansão, que não é fofoqueiro, notou. E o entregador de pizza também.

— Deixe pra lá, a gente não tem nada com isso — falou o Alemão, que era só tamanho e pouca cabeça.

— A gente podia fazer campana...

— Campana, que é isso?

— Você não vê filme na televisão, seu trouxa? — repliquei. Se não fosse eu pra liderar aqueles bobocas, dormiam todos de touca (como diria a vó, no idioma dela).

— Tá legal, explique — pediu o Mocreia.

— A gente faz turno pra vigiar a casa dos três garotões, isso é que é fazer campana, na gíria policial. Pra ver quem entra e quem sai da casa...

— Mas você mesmo disse que não entra ninguém estranho — falou o Marinheiro.

— Até agora não, mas quem pode garantir? Não fico de plantão olhando pra casa deles...

— A gente tá de férias.

— Por isso mesmo, não estamos fazendo nada mesmo. Faz de conta que é um jogo de quebra-cabeça. A gente vai juntando as informações e daí chega a uma conclusão. Só de farra.

— Tá legal — concordou o Mocreia. — Pra mim não podia ser melhor. Vou ficar perto da Milena...

— É isso aí. Vai ser divertido. Depois a gente se reúne pra checar o que descobriu...

— Falando em descobrir, a família da Lorena já sabe do seu namoro com ela? — perguntou o Marinheiro.

— Só o irmão, o Ronaldo, que topou com a gente no *shopping*. Rapaz, ele é um armário! Se cismar comigo, vai ser um arraso. Vocês vão ter de catar os cacos...

— Aquele negão do terceiro colegial? Vai ser pior do que trem passando por cima.

— Isso é jeito de falar, Alemão?

— E daí? Ele pode me chamar de branquela que eu nem ligo. E como vai o namoro?

— Se melhorar, estraga. Ela até me convidou pra jantar na casa dela na semana que vem.

— Ai, que inveja! — O Mocreia suspirou fundo. — Se a Milena soubesse o quanto gosto dela...

— Daquele estrupício? — Caí na risada. — Mas já que você gosta mesmo, vá à luta, irmão! Dou a maior força.

— Ela nem olha pra minha cara...

— Quem ama o feio, bonito lhe parece. Você tem de se fazer amado, Mocreia.

— Se continuar gozando com a minha cara, vou amassar esse seu narizinho de anjo, daí quero ver quem vai ficar feio de verdade...

Afastei a cortina da janela para mostrar a tal casa:

— Fica iluminada a noite toda, parece que ninguém dorme.

De dia é um silêncio total. Tô doidinho pra saber o que esses caras fazem na vida...

— Olhe lá! — falou o Mocreia bem no meu ouvido. Um homem tocava a campainha da casa. Logo mais apareceu um dos sobrinhos do velho, que destrancou o portão e fez a visita entrar.

— Gol! — disse o Marinheiro. — A gente nem bem começou e já flagrou um visitante noturno.

— Gozado — comentei. — Será que é a primeira vez, ou ele já veio antes por aqui?

Ficamos de butuca até o homem sair da casa. Ele ainda olhou para os lados e seguiu apressado até a esquina. Aí sumiu da nossa vista.

Combinamos que íamos ficar na campana todas as noites, pra ver se ele voltava. Na noite seguinte e na outra não aconteceu nada.

Na terceira o cara apareceu. Tocou a campainha, um dos sobrinhos atendeu e ele entrou na casa. Enquanto estava lá dentro, a gente se preparou para segui-lo.

Saímos de casa de fininho e ficamos escondidos atrás de umas árvores. Como a iluminação não era grande coisa, ninguém podia nos ver.

Quase uma hora depois ele se despediu. Olhou para os lados e seguiu em direção à esquina, como tinha feito antes. A gente deu um tempo e foi atrás dele. Ele entrou num carro que deixara estacionado na outra rua e saiu devagarinho, sem forçar o motor. Pelo visto ele queria passar o mais despercebido possível.

— Nossa, isso tá ficando melhor que filme de suspense — falei. — Vocês não acham esse tipo suspeito?

— Suspeitíssimo — disse o Mocreia. — Com tanto espaço lá na frente da tal casa, ele precisava deixar o carro aqui, praticamente escondido?

— Ele não quer ser visto mesmo — disse o Marinheiro. — Ou não pode. Acho que a gente acertou na mosca.

12

A coisa se complica

Nos dias que se seguiram — como a orquestra toda estava em greve —, o pai ficou em casa. Aproveitou para ensaiar porque, segundo ele, um músico não pode parar de tocar. Foi assim que o dia inteiro o pai tocava. Só dava folga para ler o jornal, ir buscar pão pra mãe na padaria ou tirar um cochilo depois do almoço. Mais que nunca ele se lastimava que nenhum dos filhos quisesse aprender música. A última esperança era o Dani.

Dona Carminda — vizinha da direita — gostava muito de música e não houve problema. Mas o vizinho da esquerda, o seu Otacílio, era um cara marrudo, que mal cumprimentava a gente. Saía mudo e voltava calado.

O vizinho tinha uma mania: televisão, que ele punha a todo vapor e a gente nunca reclamou. Pois não foi justamente o Otacílio que, quando o pai começou a ensaiar em casa, um dia tocou a campainha e descompôs a mãe, dizendo que não tinha mais sossego, nem pra ver novela, que o pai estava enchendo com aquele violino, a noite inteira, até sábado e domingo...

A mãe, gozado, tomou as dores do pai, muito porque o seu Otacílio foi grosso com ela. Virou um bate-boca e o vizinho disse que ia chamar a polícia. A mãe falou que ele fizesse o que quisesse.

Dito e feito: baixou novamente a polícia no pedaço. Já estava até virando rotina. Foi a maior curtição, a rua inteira saiu pra ver o que estava acontecendo, inclusive o seu Evaristo, o velho dos gatos, que ficou espiando de longe, discreto. Depois da última confusão, do tal cara que espiava nas janelas, de noite, ele não queria muito papo com os vizinhos. Também, pudera.

Falava a mãe, o pai, o vizinho, a dona Carminda entrou no meio e virou a maior confusão. O policial ficou meio zonzo, enquanto o outro, dentro da viatura, só curtia com a nossa cara.

— Veja só a ignorância dessa gente — dizia o pai. — Um músico não pode mais tocar em paz o seu instrumento, porque um vizinho prepotente é do contra.

— Acontece que eu pago meus impostos, o IPTU da casa, e tenho direito a privacidade — rebatia o vizinho. — E você toca esse maldito violino dia e noite sem parar. Não há quem aguente, seu guarda.

O rebu durou até que o policial conseguiu um armistício entre os guerreiros: o pai se comprometia a não tocar violino na hora da novela e o outro seria mais bem-educado na hora de reclamar do concerto.

A coisa estava mais ou menos resolvida quando pintou a vó no pedaço, que vinha tentar resgatar o vô, que ainda estava lá em casa, mais teimoso que mula empacada. A vó, muito sem cerimônia, foi perguntando:

— Escute aqui, meu filho, existe alguma lei que faça um velho caduco voltar pra casa dele?

— Que velho, minha senhora?

— Ora, seu guarda, o meu velho. Imagine que ele cismou de ficar morando aqui na casa da filha, enquanto eu fico sozinha lá em casa. Você não podia dar um jeito nisso?

— Sinto muito, mas já estou de saída. Por que vocês não procuram resolver esses assuntos sem a polícia? Já não chega a gente correr atrás de bandido, ainda ter de separar vizinho, pô, é dose. Aliás esta rua está ficando até manjada. Vocês precisam se benzer, pô!

— Você ganha pra isso, não ganha? — falou a vó, destemperada.

— Sabe o quanto eu ganho, tia? Uma porcaria, tá sabendo? Pra arriscar a vida por esses matos da vida, caçando marginal. A senhora que dê jeito no seu velho, tá legal?

— Acontece que não sou sua tia e também não quis ofender, tá legal? Sabe que lá no Japão os policiais tomam cafezinho na casa dos moradores, conhecem todos eles?

— Mas garanto que eles não ganham a titica que eu ganho. Mas se tiver um cafezinho eu bem que agradeço, tia.

A vó detesta ser chamada de tia. Mas, mesmo assim, serviu cafezinho para ele e para o outro que estava na viatura. Um barulho na rua chamou a atenção deles. Era o sobrinho do velho dos gatos, chegando com a moto reluzente.

— Esse aí é que vive a vida — disse um dos policiais.

— *Boy*zinho — disse o outro. — Vamos se mandar que o rádio já tá chamando...

Passaram pela esquina bem na hora em que o rapaz fechava o portão da casa. E, por uns tempos, reinou o armistício entre o pai e o vizinho.

Eu e a turma, como combinamos, continuamos a campana na casa dos tais sobrinhos. A gente se revezava, durante o dia, e, de noite, ficava em casa, olhando pela janela do meu quarto. A mãe já estava ficando cheia daquela molecada o dia inteiro pela casa. O Mocreia era o mais feliz de todos, porque, volta e meia, cruzava com a Milena e, mal ou bem, levava um papo com ela.

O homem misterioso voltou várias vezes, à noite. Ficava no máximo uma hora, depois saía e ia embora no carro escondido na outra rua. Nós o seguimos várias vezes, depois enjoamos. Mas, durante o dia, por mais que a gente campanasse, a porta e as janelas ficavam fechadas. Lá dentro, dava para perceber, as luzes estavam sempre acesas. Mas nem sinal de clientes. Só mesmo o visitante noturno, que nós apelidamos de "o vampiro da noite".

Vez ou outra, um dos sobrinhos saía, a pé ou de moto. Voltava com sacola de supermercado, coisa assim. Se algum deles atendia a campainha — para gás, carteiro, coisa rotineira —, olhava disfarçadamente para os lados e logo tratava de trancar a porta. Era como se ali fosse um *bunker*, bem protegido, onde tramassem em silêncio. Mas o quê?

Eu ardia de curiosidade, e contagiei a turma. O mais engraçado foi quando o Marinheiro sugeriu que a gente fizesse a campana disfarçado pra não dar na vista. E foi aquele auê de trocar de roupa, boné, como se a gente fosse detetive de verdade. Foi tão divertido que até as adoráveis maninhas quiseram saber o porquê de tudo aquilo; quase que o besta do Mocreia entrega a gente. Salvei o plano, dando uma cotovelada nele que deixou marca.

Só que aquele entra e sai de casa estava ficando caro, porque era um tal de assaltar a geladeira que a mãe resolveu pôr ponto final. Mais três bocas para sustentar não estava nos planos dela, ainda mais com o salário do pai atrasado na bendita sinfônica. O pai tocando violino pela casa, a molecada em volta, foi demais.

— Ou você para com essa confusão, Lucas, ou vou rodar a baiana — disse a mãe.

— Credo, Celeste — defendeu o vô. — Tá tão divertido essa moçada aqui dentro de casa.

— Deixe a garotada em paz — concordou o pai. —Se todos os problemas do mundo fossem esses.

— Olhe aqui, filhota, você é muito orgulhosa, por que não me deixa ajudá-los? Vocês estão passando por uma fase difícil, o José com o salário atrasado... Eu sou seu pai, praticamente estou morando aqui... por favor — insistiu o vô.

A mãe não respondeu e saiu da sala. O pai nem se mexeu, parecia deprimido. Se pudesse fazer alguma coisa para ajudá-lo! Mas eu era apenas um garoto, que mais podia lhe dar a não ser a minha solidariedade?

Procurei conversar com ele. O pai era um cara fechado, difícil de se abrir. Só mesmo com o vô é que ele às vezes se permitia desabafar. Mas nesse dia ele pareceu curioso:

— O que você anda aprontando com a sua turma que está deixando a sua mãe tão nervosa?

— Nada, não, pai — disfarcei.

— Nada é peixe — disse o vô. — Eu também já fui jovem como você. Tem coisa no ar, estou farejando...

— Ninguém engana um velho advogado — comentou o pai. — Ande, Lucas, confesse.

— O quê? Vocês dois tão sonhando.

— Eu pego você na curva — disse o vô. — Mas sabem da maior? Hoje me ligou um amigo que tem conta lá no tal banco onde está sumindo dinheiro; ele também foi lesado.

— Ah, eu li a notícia — disse o pai. — Que coisa mais estranha, não, seu João? Sumir dinheiro dentro do próprio banco... essa eu confesso que é novidade.

— O jeito é fazer como antigamente, guardar dinheiro debaixo do colchão — riu o vô.

13

Fazendo amigos

Pensando melhor sobre a situação lá em casa, talvez eu pudesse fazer alguma coisa. Estudava pela manhã, à tarde quem sabe um emprego eventual ajudasse por enquanto. Mas precisava da autorização do pai ou da mãe. Falar com o pai ia ser muito humilhante. Então resolvi abrir com a mãe. Ela foi categórica:

— De jeito nenhum.

— Mas por quê, mãe? O pai não recebe, você fica nervosa, não aceita a ajuda do vô. Eu já tenho quinze anos, pô, o vô conta que trabalhou desde os catorze.

— Outros tempos, Lucas. Eu jamais me perdoaria se você prejudicasse os seus estudos. Pensa que entrar em engenharia é moleza? Nem quero ouvir falar disso. Se alguém vai arranjar um emprego, esse alguém sou eu.

— Agora é que você tá viajando, mãe. Você tem quase quarenta anos. Neste país, onde gente da sua idade, desculpe, já é considerada velha... seria muito difícil.

— Agradeço a franqueza — suspirou a mãe. — Você pensa que não sei disso? Pode até ser difícil, mas não é impossível. Como me arrependo de ter largado de trabalhar quando casei... filhos logo de cara, as gêmeas pra cuidar, depois acabei me acomodando, foi um erro.

— Como diz a vó, águas passadas não movem moinho, mãe. Pense melhor, posso arrumar um bico, só de tarde. Ou então estudar à noite...

— Nem me toque mais nesse assunto, Lucas, quero você estudando pra valer. Faça por merecer o nosso sacrifício para pagar o colégio.

Deixei de pensar no assunto, porque ia jantar na casa da Lorena e queria fazer bonito por lá. Principalmente por causa do Ronaldo; eu precisava conquistar aquele armário de uma vez por todas.

Como a mãe ensinava — quando a gente vai a uma casa pela primeira vez, leva um presente —, comprei um vasinho de flores pra dona Helena, a mãe da Lorena. Arrisquei nas violetas, porque é o tipo de flor que a maioria das mulheres gosta.

Cheguei meio sem graça, mas seu Carlos, pai da Lorena, me recebeu muito bem e ficamos levando o maior lero sobre esportes. O Ronaldo só me olhava de esquiva, como se estivesse estudando as minhas intenções. Gozado, nunca tive o menor ciúme das donzelas lá de casa — quanto mais cedo alguém tivesse o péssimo gosto de casar com elas, melhor.

Logo mais chegou dona Helena, pedindo desculpa pelo atraso, ficara retida no escritório de advocacia lá no centro da cidade. Era uma mulher alta, bonita, de olhar franco e aperto forte de mão.

— Então você que é o Lucas, a Lorena fala muito a seu respeito. Fique à vontade que já vou mandar servir o jantar.

Durante o jantar percebi que dona Helena era uma mulher bem diferente da minha mãe. Conforme a conversa rolou, fiquei sabendo que ela e seu Carlos tinham se conhecido na tradicional faculdade de Direito do Largo de São Francisco, onde também estudara o vô.

Casaram-se logo depois de formados. Só que seu Carlos trabalhava no departamento jurídico de uma grande empresa e dona Helena tinha escritório próprio, porque gostava de ser independente, não ter patrão.

— Se alguém da sua família precisar de um advogado, é só me ligar, dê um cartão do escritório pra ele, Lorena.

— Tá legal, mãe.

Sentado ali na mesa, junto com a família, agora eu entendia o problema da Lorena. Imagine só, uma mulher como dona Helena, formada por uma das melhores universidades do país, ser discriminada daquele jeito, tratada como ser inferior. Pelo visto ela já superara tudo isso, parecia uma pessoa alegre e realizada, com uma bela família. Ela e seu Carlos eram carinhosos entre si e com os filhos — mas e a Lorena?

Não sei se foi minha impressão, mas, depois do jantar, dona Helena deu um jeito de ficar sozinha comigo na sala.

— Então, Lucas, gostou de ter vindo?

— Muito, dona Helena, sua família é tão simpática...

— Me chame de Helena. Posso ser bem sincera com você, Lucas?

— Mas claro que sim!

— Sabe, a Lorena às vezes me preocupa. Somos uma família diferenciada, como você pode ver, cada um aqui tem uma cor. O Ronaldo puxou mais a mim e a Lorena ao pai dela. O Ronaldo, felizmente, não tem grilos, sente-se orgulhoso de pertencer à etnia negra, assim como eu. Agora, a Lorena... ela faz tudo para parecer branca. Quando tem de trazer um amigo aqui em casa, é um verdadeiro drama.

— Ela é muito jovem ainda, Helena, com o tempo supera isso. Se puder ajudar, ficarei feliz.

Ela sorriu:

— Vejo que você é um garoto legal, sem preconceitos. A sua família também deve ser assim, e isso é muito bom para Lorena.

—Ah, claro, minha família também não tem essa de preconceito, não — menti. — É tudo cabeça feita.

— Fico muito feliz com isso. O Brasil parece ser uma democracia étnica, mas está bem longe disso. Nós, os negros, sabemos bem. Eu tiro de letra, qualquer coisa aciono a Justiça, porque discriminação é crime inafiançável... Mas a Lorena, sinceramente, me preocupa.

— Fique tranquila, Helena, no que depender de mim, a Lorena vai tirar esses grilos da cabeça. Gosto muito dela e tive muito prazer de conhecer vocês todos.

Ela me olhou no fundo dos olhos, engraçado, do mesmo jeito que a filha costumava fazer. Tive a agradável sensação de que ela gostara de mim, o que fora recíproco.

Voltei para casa mais sossegado. O Ronaldo no final da noite viera, finalmente, levar um papo comigo e parecera mais simpático. Mas deixara implícito que, se eu saísse da linha, ia ter de dar satisfações para ele. Eu, hein?

Cheguei em casa, dei com a mãe chorando na cozinha. Ela a princípio não quis dizer o porquê, mas tanto insisti que afinal contou:

— Seu pai foi despedido. Aliás, a orquestra inteira. Foi todo mundo pro olho da rua...

— Mas como, mãe? Assim, de repente? ·

— O prefeito achou a greve abusiva e demitiu toda a orquestra. E nem pagou os atrasados nem nada. Seu pai, quando recebeu a notícia, ficou desesperado e saiu pra se encontrar com os outros músicos, no sindicato. Não tem hora pra voltar...

Fiquei superchateado, com uma pena imensa do pai. Tudo acontecia com ele, pô! E ainda por cima a mãe chorando daquele jeito. Não podia fazer nada para evitar isso.

Fui para a sala, liguei a televisão, mas estava agitado demais para assistir qualquer programa. Distraído, olhei pela janela. Lá estava o tal cara saindo da casa dos sobrinhos do seu Evaristo. Mas a minha cabeça estava cheia com os problemas ali de casa, e podia sair até um bando de gente que eu não ia tomar conhecimento.

A mãe veio ter comigo, os olhos vermelhos de tanto chorar:

— Desculpe, filho, eu não quis preocupar você. Como é que foi o jantar lá na casa da Lorena?

— Foi legal, mãe, a família dela é gente muito boa. Só o irmão é que me olha com desconfiança.

— Vá devagar, hein, meu filho, por favor. Já chegam os problemas que a gente tem aqui em casa.

— Tá pirando, mãe? O que você acha que eu vou fazer? Não sou mais nenhum garotinho...

— Deixe pra lá. — A mãe se levantou como se tivesse todo o peso do mundo nas costas. — Vou esperar pelo seu pai lá no quarto...

— Não fique nervosa, mãe — tentei consolar. — Tudo na vida tem um jeito. Vai dar tudo certo.

Até momentos atrás parecia uma noite perfeita. Pena que a vida não possa imitar os contos de fadas!

14

Procurando soluções

De cabeça quente, não consegui pegar no sono. Me virei tanto na cama que o vô percebeu:

— Tá nervoso, Lucas, quer conversar um pouco?

Acendi a luz: — Quero sim, vô, você já tá sabendo o que aconteceu?

— Claro que estou! Seu pai chegou supernervoso, coitado, e ainda levou bronca da Celeste. Já ofereci ajuda, mas ela é orgulhosa demais...

— Eu queria trabalhar, arrumar um bico, ela também não deixou. Disse que ia arrumar emprego...

— Ela parou de trabalhar faz tempo, pensa que é fácil, na idade dela, começar uma profissão.

— Foi o que eu disse. Mas o senhor sabe como ela é teimosa... E agora, como é que fica essa história de demissão?

— O sindicato tem advogado, naturalmente ele deve ingressar com medida judicial contra esse ato arbitrário da Prefeitura. Afinal, são funcionários concursados, demitidos sem justa causa, através de processo administrativo, em que a penalidade excedeu o fato cometido.

— Uau! Tá gastando, hein, vô! Troca em miúdos, que não entendi nada. O advogado aqui é você.

— Estou falando de mandado de segurança, a ser movido pelo sindicato contra o prefeito, e por meio desse mandado é requerida a medida liminar com a reintegração do funcionário demitido. Entendeu agora?

— Mais ou menos. Com essa tal liminar os músicos todos voltam a tocar na orquestra, é isso?

— Exatamente. Volta tudo como era antes.

— E será que o tal advogado do sindicato é bom mesmo?

— Por quê? Você conhece algum melhor?

— Até que conheço. Sabe, a mãe da Lorena é advogada, tem escritório lá no centro. Ela disse que se alguém da minha família precisasse de advogado que falasse com ela. Deu até o cartão. E eu ouvi dizer que ela é batuta mesmo.

— Deixe o seu pai voltar que eu falo com ele — garantiu o vô. — Pena que já estou aposentado há muito tempo, senão eu mesmo comprava essa briga. Mas para a mãe da Lorena pegar o caso ela precisaria antes ser contratada pelo sindicato.

Mal ou bem, depois da conversa com o vô, eu me acalmei um pouco e acabei dormindo. Só que, como estava muito nervoso, tive um pesadelo daqueles e acordei berrando. Parece que as bruxas estavam soltas na minha casa...

No dia seguinte acordei cedo, queria ir logo para a escola para espairecer, levar um lero com a Lorena sobre essa história de advogado, porque gostaria muito que dona Helena entrasse na jogada.

No momento em que eu estava passando pela casa dos três sobrinhos, pra pegar o ônibus na esquina, o portão abriu de repente e dei de cara com um deles. Ele nem me olhou. Segui adiante, depois fingi que amarrava o cordão do tênis, pra ver o que ia acontecer. Quando me virei, estava saindo um baita carro importado, tinindo de novo, com o tal que abrira o portão no volante. Nem sinal dos outros dois.

"Tão de vento em popa, mesmo", pensei com os meus botões. Moto, carro importado. Engraçado, o seu Evaristo, o tio deles, era aposentado, vivia modestamente, nem carro tinha, só os gatos. Como é que eles estavam parecendo ricos assim de repente? A gente precisava continuar na campana...

A coisa ali na rua andava fervendo... Além de todos os acontecimentos anteriores envolvendo seu Evaristo, ainda havia o problema crônico dos gatos. Todo mundo sabe que gato não para dentro de casa, é diferente de cachorro que dá uma volta com o dono, cheira uma graminha e depois vai dormir lá no quintal. Gato é bicho arisco, livre, sai pelos muros e não respeita vizinhança.

O bochincho — tipo assim uma vingança — cresceu entre os vizinhos, cada um tinha uma reclamação para fazer. Um contava que o gato tinha entrado pela cozinha e roubado a carne de cima da pia. Outro que tinha derrubado a gaiola e comido o canário de estimação. Outro que tinha quebrado o vaso de samambaia e por aí... E quem não tinha reclamação nenhuma acho até que inventava. Foi armado um verdadeiro complô contra o velho.

Como eu andava de cabeça quente com a história do pai em greve, nem dei muita atenção para essa história dos gatos. Levei mais na gozação, achando que não ia dar em nada. Até que nesse dia, quando voltei da escola, a coisa explodiu. Alguém ligara para a Prefeitura, dando parte de que o seu Evaristo mantinha um batalhão de gatos dentro de casa e ninguém mais aguentava o mau cheiro, o barulho e as estripulias que os gatos faziam na vizinhança... Era, como eu disse, a vingança dos donos dos cachorros que continuavam tão sumidos quanto antes.

Baixou um fiscal na casa do velho, constatou a evidência e deu um prazo para ele se livrar dos gatos, porque estava pondo em risco a saúde dos vizinhos. Não adiantou o seu Evaristo pedir, implorar, quase chorar. O fiscal ficou impassível. Caso o prazo não fosse cumprido, voltaria e levaria os gatos. O pessoal da rua assistia a tudo, dando força. Tive pena do velho. Sem os gatos iria ficar mais sozinho ainda. Os sobrinhos, na hora da confusão, como aliás sempre tinham feito, nem deram as caras. Parecia que nem eram parentes. Sumiram. Nessa hora lembrei do que um psicólogo amigo do pai disse um dia, em casa: "Família fica muito bonita em retrato na parede". Na hora achei aquilo muito estranho, mas agora... até que parecia verdade mesmo. Mas os vizinhos também tinham sua parte de razão. Às vezes, a gente nem dormia direito por causa do barulho.

Nos dias seguintes, seu Evaristo fez várias viagens, levando sacolas e sacolas... provavelmente cheias de gatos. Para onde ele

os levou, não falou para ninguém, nem lhe foi perguntado. Até pensei que os sobrinhos fossem ajudá-lo, pois tinham carro e moto, mas continuaram sumidos. Dona Carminda é que apareceu, toda animada, contando para a mãe que havia conversado com o velho na padaria e ele parecia desolado por ter de se desfazer dos gatos. Quando ela perguntou pelos sobrinhos, foi todo seco, dando a entender que levava a própria vida e ponto final.

O pai agora quase não parava em casa, indo e vindo do sindicato, mas parecia insatisfeito. Uma noite ouvi quando ele falou pro vô, na sala:

— Imagine, seu João, que falta de sorte a nossa, para variar. O advogado do sindicato teve um problema sério na família e precisou se afastar. A gente vai ter de contratar outro advogado pra cuidar do caso. Justo agora!

— O Lucas me disse outro dia que conhece uma boa advogada, com muita prática — encaçapou o avô na hora.

— O Lucas? Quem pode ser?

— Sabe a Lorena, a namorada dele? Ele disse que ouviu referências muito elogiosas ao trabalho da mãe dela, que é advogada com bastante experiência.

— Puxa, veio bem a calhar. Será que ela toparia ser advogada do sindicato? Eu poderia apresentá-la.

— O Lucas tem o cartão dela.

— Pena que o senhor esteja aposentado, seu João. Com a sua competência seria o ideal.

— Eu agora só quero sombra e água fresca, meu filho. Converse com o Lucas. Parece que a doutora é aguerrida.

O pai me chamou e não me fiz de rogado, dei o cartão de dona Helena, fazendo o maior marketing de sua competência como advogada. Fiquei feliz, porque, de alguma forma, estava ajudando.

O pai, por sua vez, não perdeu tempo. Ligou pra dona Helena e marcaram encontro no sindicato. Ele era associado antigo, fizera parte de várias diretorias, então a apresentação dele tinha força. Ela foi contratada pelo sindicato e entrou imediatamente com o mandado de segurança pedindo a concessão da liminar. Dias depois, o pai chegou eufórico:

— O juiz deu a liminar, a orquestra toda, provisoriamente, foi readmitida...

— Parabéns! — disse o vô. — Pelo visto a doutora foi bem eficiente nas suas alegações. Agora é só esperar de noventa a cento e vinte dias pra ver o resultado do mandado de segurança. Vamos torcer para que seja concedido também. De qualquer forma, a liminar já foi uma vitória.

— Nem diga, seu João, nem diga.

15

Todo mundo vai à luta!

A mãe, porém, botou água fria no entusiasmo do pai:

— E os salários atrasados, como é que ficam?

— Ah, isso é uma outra história, minha filha — explicou o vô. — Vai depender de negociação com a Prefeitura.

— Maravilha! E, enquanto isso, como é que a gente paga as contas? O ano letivo logo começa, com um monte de despesas, o aluguel tá atrasado e eu não sei mais o que fazer.

— Mas, filha, eu vivo oferecendo ajuda, deixe de ser tão orgulhosa uma vez na vida. Se você prefere, encare isso como um empréstimo...

— Vou pensar no assunto, pai.

Logo depois a mãe pediu que eu telefonasse para a vó Laura. Queria todo mundo reunido em casa, porque tomara uma decisão. A mãe era assim, gostava de ser dramática. Não era de muito papo, mas quando decidia uma coisa, parecia um tatuzão de metrô. Arrasava.

Depois do jantar, todo mundo reunido na sala, ela pôs o Dani no colo do vô e anunciou:

— Bom, gente, como todo mundo sabe, a situação está péssima por aqui, então resolvi ganhar dinheiro. Vou montar um pequeno negócio e conto com a ajuda de todos vocês.

— O quê? — O pai arregalou os olhos.

— É isso mesmo o que você escutou, um negócio meu. Tá na hora de começar. É agora ou nunca. Diga, Milena, o que eu sei fazer melhor na vida?

— Sério, mãe? Deixe ver... ah, já sei, a senhora cozinha divinamente. Pena que eu esteja sempre de...

—Pois então. — Os olhos da mãe brilharam. — Vou capitalizar esse dom, afinal cozinhar é muito criativo. Vou abrir um...

— Restaurante — disse a vó.

—Tá viajando, mãe? Com que capital? Pretendo ser mais modesta. Vou abrir um negócio de congelados. Só preciso de um *freezer*, embalagens, umas panelas novas, cartões para distribuir pela vizinhança e conhecidos, talvez umas faixas na rua.

— Puxa, filha, bem pensado! — aplaudiu o vô. — Você pode trabalhar em casa, não se afasta das crianças e...

— Criança aqui só tem o Dani — replicou a mãe. — De hoje em diante acabaram-se as mordomias. Dona Mileide e dona Milena vão cuidar do seu quarto, das próprias roupas. Isso vale também para você, Lucas.

— Tinha de sobrar pra gente — resmungou a Milena.

— Assim você emagrece mais depressa — riu a Mileide. — Um pouco de exercício vai muito bem.

— E o senhor, seu Lucas, vai me ajudar também a fazer as entregas. Pode usar a bicicleta que está jogada na garagem...

— Tá legal, mãe — suspirei.

— Tudo ótimo — disse o pai. — Mas falta o principal, além da boa vontade que eu admiro, claro. Com que dinheiro você pretende comprar o tal *freezer*, as panelas, as embalagens etc. etc.?

A mãe olhou direto para o vô:

—Você vive me oferecendo ajuda, pai, eu nunca aceitei. Agora gostaria de um empréstimo, para essas primeiras despesas. À medida que for conseguindo clientes eu lhe pago.

— Perfeitamente — disse o vô, com ar sério, não fosse ela mudar de ideia, orgulhosa como era. — Faça os cálculos que eu adianto o dinheiro. Você paga quando puder.

— Precisa de ajuda? — ofereceu a vó, olhando de viés para o vô. —Se quiser eu posso cuidar das embalagens. Estou pretendendo espaçar mais as minhas viagens...

— Seria ótimo, mãe.

— E eu cuido do garotão — disse o vô, abraçando o Dani, que acabava de inaugurar seu primeiro dente. De papinhas passara para pizza, esfiha, quibe... estava gastando aquele dente em grande estilo.

Foi assim que a vida mudou lá em casa, e para melhor. Foi divertido organizar os cardápios, calcular os preços, bolar os cartões. A vó — super-relacionada por causa das viagens, onde fizera inúmeros amigos — prometeu distribuir vários. E assim que as aulas começassem, iríamos fazer o mesmo na escola.

Meu namoro com a Lorena também ia maravilhosamente. A gente se entendia de verdade. Ela se entusiasmou com os planos da mãe e disse que, provavelmente, com a vida corrida de dona Helena, e a dificuldade de encontrar empregada, ela também seria uma cliente em potencial.

A campana na casa dos sobrinhos do velho (agora sem os gatos) continuava. Mas não houve grandes mudanças: geralmente, à noite, o visitante misterioso aparecia. Deixava como sempre o carro estacionado na outra rua e chegava discreto. Depois que ele saía, as luzes permaneciam acesas por toda a madrugada.

A demonstração de riqueza, contudo, não parou. Depois da moto e do carro importado, apareceu uma caminhonete incrementada. Sem falar que agora eles nem iam ao supermercado. Vinha entrega em domicílio, e dava para perceber que era coisa fina, caixas de bebidas inclusive. Quando saíam, estavam sempre na maior estica. Pareciam uns lordes.

— Tô me enchendo disso — disse o Alemão. — Não muda nada. Acho que a gente tá perdendo tempo...

— Logo as aulas começam e eu não vou mais fazer essa campana idiota — concordou o Marinheiro. — A gente tá fazendo é papel de bobo.

Só quem concordava em continuar a campana era o Mocreia, não sei bem se porque acreditava em mim, ou porque estava adorando estar perto da Milena. Até se oferecera para fazer as entregas — de graça — para os futuros clientes dos congelados.

Eu mesmo já estava cansando daquilo. O que poderia um visitante noturno ter de tão misterioso, afinal? Vai ver era um cara metódico, sei lá, ou então tinha medo que a criançada da rua riscasse o carro dele. Só que, estacionando naquela rua deserta, corria o risco de qualquer dia não encontrar carro nenhum, porque havia muito assalto por ali.

Uma noite, quando o Alemão, o Marinheiro e o Mocreia já tinham ido embora, resolvi quebrar a monotonia e seguir o homem, mais uma vez, depois que ele saísse da casa. Quem sabe eu dava sorte e descobria mais alguma coisa.

Fiquei escondido atrás de uma árvore, como sempre fazia. Quando ele virou a esquina, dei uma corrida e os tênis abafaram os meus passos. Vi quando ele abriu a porta do carro.

Então — como se eu tivesse sido um profeta da desgraça — aconteceu. Surgiu um vulto assim do nada, rápido como um gato, e apontou uma arma para o cara.

Ele não esperava por isso e ficou meio desorientado, mas não reagiu. O ladrão disse alguma coisa para ele que não escutei, pegou a chave do carro, deu partida e saiu cantando os pneus. O cara ficou ali, meio abobalhado, sem saber o que fazer.

Era a deixa que eu precisava. Melhor do que a encomenda, pô! Fui me aproximando:

— Puxa, moço, que azar o seu, hein? Olha, eu tava passando, vi tudo, se o senhor quiser posso até servir de testemunha. A delegacia é logo aí...

— O quê? — Ele se virou rápido, com espanto nos olhos. — O que foi que você viu?

— Ora, o assalto. Levaram o seu carro, o cara tava armado, eu

vinha pela rua, foi muito azar mesmo. O senhor precisa bater um BO, rápido. Pode ser até que recupere o carro...

O cara passou a mão na cabeça, parecia meio atrapalhado das ideias:

— Não, não precisa. Será que eu acho um táxi por aqui? Essa rua é deserta...

— Tem um orelhão na outra esquina, eu tenho uma ficha, se quiser posso chamar um táxi para o senhor. Mas não vai mesmo bater um boletim de ocorrência na delegacia? E o carro, como é que fica?

— Não enche, garoto! — respondeu, bruto. — Não é da sua conta o que faço ou deixo de fazer. Vou andando, em algum lugar deve haver um maldito táxi.

— Tá legal, tá legal. Mas essa eu nunca vi antes. Ser assaltado e não dar queixa. O senhor deve ser cheio da grana pra não se importar em perder um carro.

Ele me olhou desconfiado e resolvi não insistir mais. Não podia abusar da sorte.

16

Fazendo e desfazendo

Quando eu contei para a turma, eles não queriam acreditar:

— Puxa — disse o Mocreia. — Tanto tempo fazendo campana e não acontece nada. A gente vira as costas e a coisa pega fogo. Droga!

— Sacanagem — concordou o Marinheiro. — Sorte do assaltante, né? O cara nem bateu BO, nem nada.

— Mas isso é mais que suspeito — falei. — Vocês acham normal um cara ser assaltado, ficar sem o carro, e não querer ir à delegacia?

— Vai ver ele não quer papo com a polícia — disse o Alemão.

— Nossa, ele pensa! — aplaudiu o Marinheiro. — Taí uma conclusão de gênio. Se você não quer papo com a polícia, o que se pode concluir é que...

— Você quer a polícia o mais longe possível — completei.

— E por quê? — perguntou o Alemão.

— Óbvio ululante, né, companheiro — disse o Mocreia. — Porque ou você está sendo procurado pela própria, ou então tem culpa no cartório, e não quer ser descoberto.

— Tá vendo como eu tinha razão de querer continuar com a campana? Se eu não tivesse seguido o cara, a gente nem ia saber que ele foi assaltado e teve essa atitude suspeita.

— É verdade — concordou o Marinheiro. — O Lucas tá certo. Se a gente tiver paciência, chega lá.

Continuamos com a campana, apesar de eu estar muito ocupado com o novo negócio. Saí várias vezes com a mãe e o vô para comprar o *freezer* e todos os utensílios necessários, enquanto a vó cuidava do Dani. O pai — já reintegrado na orquestra — ensaiava para o próximo concerto, enquanto dona Helena intermediava um acordo com a Prefeitura para que os músicos recebessem os salários atrasados.

O tempo rolou rápido, e as aulas recomeçaram... As adoráveis maninhas se mostraram relações públicas de primeira, distribuindo cartões para as mães dos colegas. Muitas trabalhavam fora e davam graças a Deus de, pelo menos, se livrarem da cozinha.

O vô, todo animado, mandou fazer umas faixas que espalhou pelo bairro inteiro. E aproveitou para incluir no empréstimo o aluguel atrasado e as matrículas da escola. Claro que a mãe anotava tudo num caderninho, e eu até admirava aquela honestidade de querer pagar o próprio pai.

A mãe agora cozinhava o dia todo, seguindo os tais cardápios. Tinha até uma linha *light*, para quem estivesse de regime, e isso incluía a Milena.

A vó, querendo reconquistar o vô — porque estava cheia de ficar morando lá no casarão mais uma garota que ela havia contratado para não ficar sozinha —, passava o dia em casa, ajudando. A mãe cozinhava e ela embalava para congelar. E, de quebra, dava uma namoradinha no seu João, que se fazia de difícil.

Uma tarde, quando a mãe saíra com o vô pra comprar uns ingredientes que faltavam, tocaram desesperadamente a campainha de casa. Chovia canivete e a vó me pediu:

— Deve ser o carteiro, Lucas. Atenda logo que o coitado deve estar molhado até os ossos...

Era a vizinha da frente, a dona Rita, cuja filha, a Margot, estava no último mês de gravidez. A barriga parecia a popa de um barco. O marido dela trabalhava como representante comercial e vivia viajando.

— Pelo amor de Deus, Lucas, seu avô está aí? A Margot está dando à luz, eu não acho táxi, me ajude!

— O vô saiu, levou a mãe ao supermercado. A senhora já procurou outro vizinho?

— Está todo mundo trabalhando, a minha esperança era o seu João, que quase não sai de casa. O que a gente vai fazer?

A vó veio lá da cozinha enxugando as mãos:

— O que aconteceu, dona Rita?

— A Margot está em trabalho de parto e não tem uma condução pra levá-la até a maternidade, estou desesperada.

— Pena que o João saiu com o meu carro e deve demorar. Só se a gente apelar para a polícia, eles costumam ajudar nessas emergências.

— Eu dou um jeito! — E disparei, debaixo da chuva, para a casa dos sobrinhos do seu Evaristo. Tasquei a mão na campainha até que um dos caras veio atender.

— É uma emergência, por favor, moro aqui na rua e a nossa vizinha vai ter um bebê. Não tem táxi, o marido está viajando. Você poderia levá-la pra maternidade?

— O quê? Olhe, garoto, sinto muito, mas nem conheço essa moça, depois estou ocupado. Tente outra casa.

— A mãe dela já tentou. Quem tem carro na vizinhança tá trabalhando e com essa chuva não se acha táxi. Vocês têm dois carros na garagem.

— Não insista, garoto, já disse que estou ocupado.

O outro irmão apareceu na porta da sala:

— O que está acontecendo aí?

— Uma moça está dando à luz e não tem ninguém pra levá-la para a maternidade. O garoto veio pedir ajuda, mas eu disse que estamos muito ocupados.

— Minha nossa! — pensei alto. — Acho que vou ter de chamar a polícia... parece que eles atendem quando é emergência. Obrigado por nada, hein?

Já estava indo embora, quando o primeiro cara me chamou:

— Ei, garoto, tem certeza que é emergência mesmo?

— E você acha que, se não fosse, eu tava debaixo dessa chuva? A maternidade não é longe, em dez minutos a gente chega lá.

— Tá legal. Já estou tirando o carro... mas você vai junto pra me ensinar o caminho.

Voltei a jato e a dona Rita até me beijou de alegria. Foi um custo tirar a Margot de casa. Coitada, mal podia andar... O tal sobrinho, que eu descobri se chamava Gastão, já estava com o carro na porta. Forramos o banco traseiro com várias toalhas, e a Margot foi deitada, a mãe meio espremida ao lado dela.

Foi legal demais. Lembrei de um filme — um garoto que vai de marcha a ré para a maternidade, porque a mãe dele está tendo bebê —, e fui gritando pela janela do carro: — MULHER DANDO À LUZ... MULHER DANDO À LUZ... parecia senha, meu! Os guardas apitavam, os carros davam passagem, a gente furou farol, fez o diabo, mas chegou na maternidade. O bichinho até que esperou direitinho... A Margot deitou na maca, ele começou a nascer. Um baita menino de três quilos e meio, parto normal. Eu já tinha uma boa história para contar aos meus netos.

Até o tal do Gastão parece que ficou contente. E eu só pensando: tanto tempo fazendo campana na casa de um cara tão solidário, que vexame, meu! Verdade que precisei insistir, mas depois ele entrara no clima. Contei para a turma e eles gozaram da minha cara. Disseram que eu estava ficando sentimental.

Mas, engraçado. Tinha uma coisa na minha mente que incomodava. No início eu não sabia bem o que era. Fiquei dias rumi-

nando aquilo até que lembrei o que o meu pai disse uma vez: que o cérebro é feito computador. Quando a gente esquece uma coisa importante, desliga um pouco, deixa na memória; um dia, de repente, a coisa aparece, como se fosse acionado o arquivo. Então resolvi dar um tempo, para ver o que acontecia.

Uma noite, estava quase pegando no sono, enquanto o vô lia o jornal na cama ao lado, quando repentinamente ele falou:

— Mas que coisa incrível, Lucas! Lembra aquele desfalque num banco, onde o meu amigo perdeu dinheiro, e que a polícia vinha investigando há tempos? Descobriram quem era o cúmplice dentro do banco, que desviava o dinheiro através de computador. Parece que a prisão da quadrilha é iminente. Só não deram os nomes para não facilitar a fuga dos implicados.

— É isso, vô, maravilha, é isso! — Saltei da cama e fiquei pulando pelo quarto, feito doido.

— É isso o quê, menino? — O vô começou a rir. Ele já estava acostumado com os meus repentes.

17

Montando o quebra-cabeça

— Não tô sonhando, não, vô, foi o meu computador aqui que chamou arquivo...

— Você está com uma cara gozada, Lucas! O que você descobriu que o deixou tão feliz, afinal?

— A gente faz uma boa parceria, melhor do que aqueles três panacas da turma... Tá tudo claro, agora!

— Mas de que você está falando? — O vô não estava entendendo nada.

— Fique ligado, porque vamos montar um quebra-cabeça daqueles.

— Já liguei. — O vô até ajeitou melhor o travesseiro.

— Imagine, só por um momento... que o senhor é um marginal, faz parte de uma quadrilha. A turma toda é muito inteligente e resolve dar um golpe de mestre, tipo aquele filme, tá lembrado?

— Como não? É um dos meus favoritos.

— Como eu ia dizendo... a turma é pra lá de boa e o chefe é um gênio. Mas têm que manter as aparências, pra ninguém desconfiar. O que eles fazem?

— Ora, o que eu cansei de ver na minha carreira de advogado criminalista, Lucas. Vestem-se bem, mantêm uma aparência de pessoas honestas, não dão na vista...

— Até aí, dez, vô. Suponha então que um dos marginais, o chefão, seja um *cracker*...

— Quê? Isso no meu tempo não tinha não.

— Sabe o que é um *cracker*, vô? Um pirata cibernético, um gênio criminoso que invade computador. Daí descobre e manipula quase tudo: códigos secretos, números de cartões de crédito, contas bancárias, o que ele quiser...

— Agora estou lembrado — disse o vô, todo entusiasmado.

— Teve um caso muito interessante nos Estados Unidos. Um cara manipulava os computadores do banco e roubava só os centavos das contas. Amealhou uma fortuna até ser descoberto.

— Mas que vô inteligente! Mas o cara americano trabalhava no banco. Imagine que esse tal *cracker* de que estou falando quisesse dar um *big* desfalque num banco, mas não fosse funcionário... De quem ele precisaria para obter informações pessoais dos clientes etc.?

— De um cúmplice dentro do banco, claro! — O vô até deixou cair o travesseiro. — Ué, você tá falando da história que acabei de ler no jornal! Por que o interesse?

— Estamos montando o nosso quebra-cabeça, doutor — brinquei. — Arrumado o cúmplice, onde os marginais operariam esse computador, pra não dar na vista?

— Provavelmente numa casa alugada, em rua tranquila, onde

fariam tudo para não incomodar os vizinhos. Trabalhando à noite, quando o sistema do banco está em recesso...

— E como seria feito o desfalque, quer dizer, qual seria o método utilizado para desviar o dinheiro?

— Pelo que sei do assunto, Lucas, suponho que o chefe da gangue abriria uma conta pessoal no tal banco, na qual o dinheiro desviado das outras contas, com a ajuda do cúmplice, seria depositado. Claro que, como correntista, o tal *cracker* teria talão de cheques que ele usaria para transferir esse dinheiro para uma outra conta, em outro banco. Seria como uma lavagem de dinheiro, legal e tranquila. Até que alguém desconfiasse da coisa.

— E como o *cracker* e o resto da quadrilha fariam contato com esse cúmplice, funcionário do banco? Não poderiam ser vistos juntos, porque levantaria suspeita.

— Bem, também não poderiam usar o telefone, porque nunca se sabe quando um telefone está grampeado. Acho que teriam encontros fortuitos, e mesmo assim rapidamente, para receber as informações, acertar pagamentos etc.

— O cúmplice indo na casa do *cracker*, na tal rua sossegada, como o senhor disse...

— Ou vice-versa. O *cracker* indo na casa do cúmplice. Mas, me parece, o cúmplice teria mais medo do que o outro. E preferiria ir à casa do *cracker*, tomando todas as precauções.

— Como deixar o carro estacionado em outra rua, chegar a pé, de noite, e ficar pouco tempo na casa.

— Eu não pensaria melhor.

— Pois tenho uma boa notícia pra lhe dar. Essa quadrilha do computador mora aqui nesta rua. E o *cracker*, o chefe da quadrilha, possivelmente é o tal Gastão que levou a filha da dona Rita para a maternidade...

— Você tá gozando com a minha cara!

— Tô não, vô, juro que não.

— Mas de onde tirou essa ideia absurda? Três rapazes tão distintos, que nunca mexeram com a vizinhança...

— É a sua própria receita, vô.

— Espere aí, eu não disse que todo mundo que é discreto e bem-educado é marginal. Que evidências você tem para afirmar uma coisa dessas? Olhe que calúnia é crime!

— Uma: logo que eles mudaram, vi chegar uma encomenda, vários volumes onde se lia FRÁGIL. Computador? Duas: tem um cara misterioso que vem visitar os três sobrinhos de noite e deixa o carro na outra esquina. Demora pouco e vai embora. Outro dia, roubaram o carro dele bem na minha frente e ele não quis dar parte na delegacia. Cúmplice? Três: moto, carro importado, caminhonete incrementada. Lavagem de dinheiro? Chega ou quer mais?

— A notícia no jornal! — O vô bateu com a mão na testa. — A polícia sabe quem é o cara dentro do banco que está entregando tudo para os cúmplices, e está na iminência de prender a quadrilha... será que alguém deles desconfia?

— Vamos supor que sim, porque são todos inteligentes, e o *cracker* é um gênio. Se o funcionário do banco desconfiar primeiro, ele vai tentar fugir...

— Mas daí ele praticamente confessa o delito — resmungou o vô.

— Mas que escolha ele tem? Está perdido, tá lembrado? Ele vai tentar fugir, mas talvez avise os comparsas para evitar que sejam presos, e através deles a polícia também o localize.

— Bem pensado, Lucas. Livrando a cara dos cúmplices ele também livra a dele. Mas como avisará os caras? O telefone agora deve estar mesmo grampeado. Ir à casa deles ou mandar telegrama nem pensar, porque entregaria o endereço.

— Ele só tem um jeito, vô. Ligar de um telefone público, rapidamente, avisar que a polícia descobriu tudo e ele já tá pondo o pé na estrada. Cada um por si.

— E o que fariam os cúmplices? O *cracker* que você acha que é o Gastão... mas espere aí, por que você acha que é ele? Poderia ser qualquer um dos três.

Sorri, triunfante:

— Lembra quando eu gritei agora pouco, vô? Quando disse

que liguei o computador e chamei arquivo? Veio a história toda, do começo ao fim, como um roteiro.

— Explique isso direito — pediu o vô.

— Eu já estava desconfiando desses três faz tempo. Daí a Margot, nossa vizinha, começou a dar à luz, e fui buscar auxílio na casa dos três sobrinhos...

— Exato. Eu tinha levado a Celeste ao supermercado, e não tinha mais ninguém para...

— O Gastão só resolveu ajudar quando falei que ia chamar a polícia. Ato falho, sacou? Ele é o *cracker*!

Agora foi o vô quem pulou da cama e desceu as escadas. Mais que depressa fui atrás:

— O que o senhor vai fazer?

— Deixe comigo.

O avô ligou não sei para quem e ficou um tempão falando. Ardido de curiosidade, ouvi que ele repetia toda a história, o nosso quebra-cabeça. Quando desligou, parecia satisfeito.

— Com quem o senhor estava falando?

— Um amigo meu de muitos anos, colega de faculdade, que agora está na cúpula da polícia. Dei todos os dados e ele vai mandar investigar imediatamente. Prometeu ligar em seguida.

A gente nem dormiu, de tanta excitação. Ficamos ali mesmo na sala, esperando a chamada. Depois, se outra pessoa da casa atendesse, daria a maior confusão. Lá pelas tantas, o telefone tocou. O vô atendeu no segundo toque. Abriu o maior sorriso enquanto ouvia...

18

Ação!

— Na mosca, Lucas! — disse, pondo o fone no gancho. — Acabaram de prender o funcionário do banco que estava se preparando para escapar e ele deu todo o serviço. O endereço dos cúmplices confere. A polícia já está vindo para cá.

— Uau, que superavô que eu tenho! Vamos olhar pela janela, vai ser diabólico!

— Antes que eu me esqueça, Lucas, nem uma palavra a respeito, nem com os seus colegas de turma, nem com ninguém aqui de casa. Meu amigo pediu sigilo absoluto. Até por uma questão de segurança, você entende? Nunca se sabe o que esses marginais podem aprontar... Pelo menos até o caso esfriar.

— Claro, vô, fique sossegado. Vai ser o nosso segredo. Eu enrolo a turma. Eles vão saber que os caras foram presos, mas nunca que foi por nosso intermédio.

Jamais esquecerei essa noite... Eu e o vô escondidos atrás da cortina da sala, campanando... O dia já estava clareando, quando os carros da polícia viraram a esquina de mansinho, sirenes desligadas, pra não chamar atenção. Pararam bem em frente da casa dos três sobrinhos do seu Evaristo. Os policiais desceram das viaturas e um deles tocou a campainha. Os outros, dava para perceber, já estavam de armas nas mãos, preparados para tudo.

Ninguém veio atender. Aí virou igualzinho àqueles filmes policiais: arrombaram a porta e afundaram casa adentro... Logo mais, sem maior resistência, saíram os três rapazes algemados. Um dos policiais carregava duas malas que eram a prova de que eles estavam se preparando para fugir.

Quando estavam colocando o Gastão e os irmãos numa das viaturas, apareceu o seu Evaristo todo aflito, tentando dialogar. Ninguém quis ouvir e ele ficou ali, estático, na calçada, vendo os carros partirem, com os sobrinhos lá dentro. Até me deu pena do velho. Ele não estava entendendo nada.

A notícia estourou como um rojão na rua inteira, porque o vizinho do outro lado acordou com o arrombamento da porta e presenciou tudo, escondido como a gente, atrás da cortina. Foi só clarear de vez para ele espalhar a notícia.

A vó não se conformava:

— Quem podia imaginar que uns moços tão distintos fossem marginais, saindo algemados desse jeito? Você desconfiava de alguma coisa, Celeste?

— Eu, com todo esse trabalho de congelado? Não tinha a menor ideia. Se nem a dona Carminda sabia de nada... estou tão surpresa quanto a senhora.

— E se ela soubesse de alguma coisa, acha que já não tinha falado pra Deus e todo mundo? — riu o pai.

— Logo vai dar no jornal e na TV — falei. — Deve ser coisa da pesada, não acha, vô?

O vô piscou para mim:

— Com certeza, Lucas, com certeza. A polícia deve ter indícios muito fortes para agir dessa maneira.

— Gozado, quem parecia estranho, desde o começo, era o seu Evaristo, o velho dos gatos — pensei alto.

— É como aquele velho ditado — disse a vó. — "Atirou no que viu e acertou no que não viu."

— A senhora nem imagina como está certa.

O vô me olhou sério, li os pensamentos dele: "Olhe o combinado, não entregue o jogo".

Pisquei para ele e ficou nisso.

Foi todo mundo cuidar da vida. Quando ficamos sozinhos, não me contive:

— Trabalhamos bem, hein, vozão? Que dupla dinâmica! Pena que a gente não pode contar pra ninguém...

— Você pode escrever — disse o vô.

— O quê?

— Pode escrever uma história de mistério, contando a trama do *cracker* e dos cúmplices. Como a notícia deve dar no jornal e na TV, torna-se de ordem pública e qualquer um poderá utilizá-la como referência numa obra de ficção.

— Pô, que ideia legal! Mas como o seu amigo lá da cúpula da polícia vai justificar as prisões?

— Ah, provavelmente dirá que houve uma denúncia anônima. Ele me garantiu que jamais alguém saberá a identidade do informante.

— Mas se eu escrever essa história, vão descobrir tudo, com certeza. Quem, além dos policiais, saberia da trama, a não ser quem denunciou os marginais? E como fica o sigilo?

— Escreva o livro que eu me entendo com o meu amigo. Já tenho um excelente argumento: quem acreditaria numa coisa tão inverossímil? Um adolescente e um velho aposentado levarem à prisão uma quadrilha tão bem organizada? Não parece apenas ficção?

— Diabólico, vô! Só imagino o que você aprontava nos seus bons tempos de júri...

O vô sorriu, satisfeito da vida.

Dias depois, voltando da escola, encontrei várias caixas sobre a minha cama, onde se lia: CUIDADO, FRÁGIL.

Abri na maior sofreguidão. Lá estavam todos os componentes de um... computador de última geração, meu!

— Gostou? — falou o vô, atrás de mim.

— Estou até sem respiração.

— Hoje todo mundo precisa aprender a mexer com computador, senão perde o trem da história. Quando você dominar o editor de texto, pode escrever a nossa aventura.

— Obrigado, vô, foi o melhor presente que já recebi na minha vida. O *teacher* é que vai ficar feliz. Ele vive dizendo que se comunicar é fundamental, e a principal qualidade de um escritor é observar o mundo à sua volta.

— O que você faz muito bem — comentou o vô. — Pelo jeito vai virar um engenheiro-escritor.

Aprendi rapidinho o tal editor de texto e me diverti um bocado escrevendo este livro. E, ainda que não seja um conto de fadas, tem um final feliz.

O mandado de segurança foi concedido, garantindo o emprego dos músicos na orquestra sinfônica; dona Helena também conseguiu um belo acordo com a Prefeitura, e todos os músicos receberam os salários atrasados.

Os congelados da dona Celeste vão a todo vapor; ela está quase ganhando mais do que o pai (e acho que ficou menos racista, por motivos óbvios).

O vô fez as pazes com a vó e resolveram vender o casarão e comprar a nossa casa e a da dona Carminda. Assim vamos ser vizinhos, e a vó pode viajar à vontade que o vô fica numa boa. Aliás o ego dele foi lá pra cima com a prisão do *cracker* e seus comparsas. Ele se sentiu útil, embora esteja aposentado.

Pra onde foi a dona Carminda? *Surprise!* Ela se casou com seu Evaristo e mudou para a casa dele.

O vulto de olhos fosforescentes — que aparecia nas janelas, tentando raptar criancinhas — e o sumiço dos cachorros da rua são fatos que continuaram tão ou mais misteriosos quanto antes. Todo mundo acredita que o velho é um bruxo, mas a apaixonada esposa jura por todos os santos que não é. "O amor é cego."

Eu e a Lorena estamos *in love* total. A gente tem levado papos incríveis sobre essa história de racismo. Tenho esperança de que ela aprenda a se amar, independentemente de etnia ou cor.

Novidade com as adoráveis: a Mileide resolveu capitalizar a magreza e agora quer ser modelo; só falta crescer mais trinta centímetros. E a Milena, finalmente, sucumbiu aos encantos do Mocreia, que a conquistou na base da massagem no ego, repetindo sem parar: fofa *is wonderful*!

Sem namoradas — roídos de inveja —, o Marinheiro e o Alemão estão miseravelmente órfãos. Azar deles.

Vou levar o livro para o *teacher* ler e depois tentar publicá-lo, mas com pseudônimo, claro! Seguro morreu de velho, né? Daí faço um trato com a turma, igualzinho ao vô com o amigo dele. Ficou uma história papo-cabeça, legal! Tô pensando seriamente em desistir da engenharia e mergulhar de cabeça nessa história de ser escritor. É uma loucura!

Quanto ao título, fica esse mesmo, porque não achei outro melhor — como disse o meu "colega", o Machado de Assis, no início daquele livro que mexeu comigo, o *Dom Casmurro*.

Se ele pode, eu também posso.

𝒜lô, queridos leitores!
Para os que já leram algum dos meus livros — prazer em reencontrá-los. Para os que acabaram de ler — bem-vindos a bordo!

Adoro criar histórias de mistério: elas desenvolvem o raciocínio lógico. Meu avô dizia que nasci virada pra Lua — sinal de sorte... que ajuda o escritor a bolar uma boa trama, no tempo certo. Como marcar o gol na partida decisiva do campeonato.

Este livro fala de vizinhos que podem e, em tese, deveriam ser amigos. Mas, às vezes, parecem muito misteriosos. Então entra em cena um tema fundamental: o preconceito. Ele é como erva daninha, que precisa ser arrancada constantemente para não comprometer a vitalidade das outras plantas.

Em tempo: o título do livro foi inspirado num filme antigo (cuja estrela se transformou num mito do cinema).
Descubram qual é. Boa sorte, detetives!

O MISTÉRIO MORA AO LADO

GISELDA LAPORTA NICOLELIS

Apreciando a Leitura

■ Bate-papo inicial

Lucas mora na mesma rua desde que nasceu. Conhece todo mundo por lá. Só que as coisas começam a mudar quando chegam novos vizinhos. Rola um mistério sobre quem são e o que fazem. Enquanto isso, Lucas conhece Lorena, uma garota muito bonita, filha de pai branco e mãe negra. Essa e outras situações envolvendo preconceito, os problemas financeiros da família de Lucas e a esperteza dele em desvendar o segredo "que mora ao lado" são os principais elementos desta história. Vamos rememorá-los?

■ Analisando o texto

1. Como muitos livros, *O mistério mora ao lado* combina diversos gêneros de narrativa. Quer dizer, há um toque de romance, um de mistério, e mais crítica social e de costumes, entre outros. Você poderia localizar no enredo onde cada um desses gêneros está presente?

Romance:

Mistério:

Crítica de costumes:

Crítica social:

2. Durante a história, alguns personagens apresentam conflitos uns com os outros, consigo mesmos ou com uma situação social. São esses conflitos que dão vida aos personagens. Descreva os tipos de conflito que vivem:

Lorena:

O pai e a mãe de Lucas:

Para qualquer comunicação sobre a obra, entre em contato:
SARAIVA Educação S.A.
Avenida das Nações Unidas, 7221 – Pinheiros
CEP 05425-902 – São Paulo – SP – Tel.: (0xx11) 4003-3061
www.editorasaraiva.com.br
atendimento@aticascipione.com.br

Escola: _____

Nome: _____

_____

Ano: _____ Número: _____

COLEÇÃO JABUTI

- Adeus, escola ▼◆🕮⊠
- Amazônia
- Anjos do mar
- Aprendendo a viver ◆⌘■
- Aqui dentro há um longe imenso
- Artista na ponte num dia de chuva e neblina, O ✱★⊕
- Aventura na França
- Awankana ✎☆⊕
- Baleias não dizem adeus ✱🕮⊕○
- Bilhetinhos ☻
- Blog da Marina, O ✎
- Boa de garfo e outros contos ◆✎⌘⊕
- Bonequeiro de sucata, O
- Borboletas na chuva
- Botão grená, O ▼✎
- Braçoabraço ▼℞
- Caderno de segredos ❑◎✎🕮⊕○
- Carrego no peito
- Carta do pirata francês, A ✎
- Casa de Hans Kunst, A
- Cavaleiro das palavras, O ★
- Cérbero, o navio do inferno 🕮⊠⊕
- Charadas para qualquer Sherlock
- Chico, Edu e o nono ano
- Clube dos Leitores de Histórias Tristes ✎
- Com o coração do outro lado do mundo ■
- Conquista da vida, A
- Da matéria dos sonhos 🕮⊠⊕
- De Paris, com amor ❑◎★🕮⌘⊠⊕
- De sonhar também se vive...
- Debaixo da ingazeira da praça
- Desafio nas missões
- Desafios do rebelde, Os
- Desprezados F. C.
- Deusa da minha rua, A 🕮⊕○
- Devezenquandário de Leila Rosa Canguçu ➜
- Dúvidas, segredos e descobertas
- É tudo mentira
- Enigma dos chimpanzés, O
- Enquanto meu amor não vem ●✎✎
- Escandaloso teatro das virtudes, O ➜☻
- Espelho maldito ▼✎⌘
- Estava nascendo o dia em que conheceriam o mar
- Estranho doutor Pimenta, O
- Face oculta, A
- Fantasmas ⊕
- Fantasmas da rua do Canto, Os ✎
- Firme como boia ▼⊕○
- Florestania ✎
- Furo de reportagem ❑◎◎🕮℞⊕
- Futuro feito à mão
- Goleiro Leleta, O ▲
- Guerra das sabidas contra os atletas vagais, A ✎
- Hipergame ⌇🕮⊕
- História de Lalo, A ⌘
- Histórias do mundo que se foi ▲✎◎
- Homem que não teimava, O ◎❑◎℞⊕
- Ilhados
- Ingênuo? Nem tanto...
- Jeitão da turma, O ✎○
- Lelé é da Cuca, detetive especial ⊠☻
- Leo na corda bamba
- Lia e o sétimo ano ✎■
- Luana Carranca
- Machado e Juca †▼●☞⊠⊕
- Mágica para cegos
- Mariana e o lobo Mall 🕮⊕
- Márika e o oitavo ano ■
- Marília, mar e ilha 🕮⊕○
- Matéria de delicadeza ✎☞⊕
- Melhores dias virão
- Memórias mal-assombradas de um fantasma canhoto
- Menino e o mar, O ✎
- Miguel e o sexto ano ✎
- Miopia e outros contos insólitos
- Mistério mora ao lado, O ▼◎
- Mochila, A
- Motorista que contava assustadoras histórias de amor, O ▼●🕮⊕
- Na mesma sintonia ⊕■
- Na trilha do mamute ■✎☞⊕
- Não se esqueçam da rosa ♠⊕
- Nos passos da dança
- Oh, Coração!
- Passado nas mãos de Sandra, O ▼◎⊕○
- Perseguição
- Porta a porta ■❑◎⊕✎⌘⊕
- Porta do meu coração, A ◆℞
- Primeiro amor
- Quero ser belo ⊠
- Redes solidárias ◎▲❑✎℞⊕
- Reportagem mortal
- romeu@julieta.com.br ❑🕮⌘⊕
- Rua 46 †❑◎⌘⊕
- Sabor de vitória 🕮⊕○
- Sambas dos corações partidos, Os
- Savanas
- Segredo de Estado ■☞
- Sete casos do detetive Xulé ■
- Só entre nós – Abelardo e Heloísa 🕮■
- Só não venha de calça branca
- Sofia e outros contos ☻
- Sol é testemunha, O
- Sorveteria, A
- Surpresas da vida
- Táli
- Tanto faz
- Tenemit, a flor de lótus
- Tigre na caverna, O
- Triângulo de fogo
- Última flor de abril, A
- Um anarquista no sótão
- Um dia de matar! ●
- Um e-mail em vermelho
- Um sopro de esperança
- Um trem para outro (?) mundo ✖
- Uma trama perfeita
- Vampíria
- Vera Lúcia, verdade e luz ❑◆◎⊕
- Vida no escuro, A
- Viva a poesia viva ●❑◎✎🕮⊕⊕
- Viver melhor ❑◎⊕
- Vô, cadê você?
- Zero a zero

- ★ Prêmio Altamente Recomendável da FNLIJ
- ☆ Prêmio Jabuti
- ✱ Prêmio "João-de-Barro" (MG)
- ▲ Prêmio Adolfo Aizen - UBE
- ✎ Premiado na Bienal Nestlé de Literatura Brasileira
- ☞ Premiado na França e na Espanha
- ☻ Finalista do Prêmio Jabuti
- ✎ Recomendado pela FNLIJ
- ✖ Fundo Municipal de Educação - Petrópolis/RJ
- ○ Fundação Luís Eduardo Magalhães
- ● CONAE-SP
- ⊕ Salão Capixaba-ES
- ▼ Secretaria Municipal de Educação (RJ)
- ■ Departamento de Bibliotecas Infantojuvenis da Secretaria Municipal da Cultura/SP
- ◆ Programa Uma Biblioteca em cada Município
- ❑ Programa Cantinho de Leitura (GO)
- ♣ Secretaria de Educação de MG/EJA - Ensino Fundamental
- ☞ Acervo Básico da FNLIJ
- ➜ Selecionado pela FNLIJ para a Feira de Bolonha
- ✎ Programa Nacional do Livro Didático
- 🕮 Programa Bibliotecas Escolares (MG)
- ⌇ Programa Nacional de Salas de Leitura
- 🕮 Programa Cantinho de Leitura (MG)
- ◎ Programa de Bibliotecas das Escolas Estaduais (GO)
- † Programa Biblioteca do Ensino Médio (PR)
- ⌘ Secretaria Municipal de Educação/SP
- ⊠ Programa "Fome de Saber", da Faap (SP)
- ℞ Secretaria de Educação e Cultura da Bahia
- ○ Secretaria de Educação e Cultura de Vitória

O avô e a avó de Lucas: _____

_____

_____

_____

3. Há várias situações de preconceitos narradas neste livro. Você poderia descrever algumas delas?

R. _____

_____

_____

_____

_____

_____

4. Você entendeu o golpe aplicado pelos sobrinhos de Evaristo? Poderia descrevê-lo resumidamente?

R. _____

_____

5. Afinal, quem escreveu de fato esta história? Como é que você entende a brincadeira de um personagem que se diz autor da história da qual faz parte? Um personagem existe fora da história? Como é que fica essa confusão entre o Lucas, que prometeu publicar o livro com um pseudônimo (você sabe o que quer dizer essa palavra?) e Giselda Laporta Nicolelis, que está na capa como autora da história?

R. _____

_____

_____

_____

_____

_____

Linguagem

6. Às vezes, o texto mistura palavras em inglês com palavras em português, como quando Lucas chama o professor de *teacher*, ou quando Mocreia, para sua declaração de amor a Milena, se utiliza da frase "Fofa is *beautiful*!". Usamos algumas palavras em inglês com tanta frequência que elas já estão incorporadas à língua. Você poderia dar alguns exemplos, mencionando seus significados?

R. _____

_____

_____

10. Existe preconceito também contra os jovens. Não é à toa que tem gente que os chama de "aborrecentes", querendo dizer que são cheios de exigências, egoístas, superficiais. Diante de uma provocação dessas, como é que você fica? Vai deixar passar sem mais nem menos? Que tal escrever sua opinião sobre essa maneira de encarar os jovens? Coloque-se no lugar de um leitor que leu em uma revista uma matéria sobre os adolescentes chamando-os de "aborrecentes". Redija uma carta de leitor, expondo sua opinião aos editores da revista.

7. Dê o significado das seguintes expressões retiradas do texto:

a) "Bateu a paranoia"

b) "então, a mãe fica numa sinuca de bico"

c) "Prova dos nove"

d) "o tiro saiu pela culatra"

e) "tô pagando todos os meus pecados"

■ Redigindo

8. Releia o primeiro parágrafo da história. Ali, Lucas descreve uma rua muito especial, a rua onde mora. Especial porque, nas cidades, a maioria das pessoas, quando vive num prédio, não conhece quem mora no mesmo corredor, quanto mais os vizinhos da rua! Por que será que isso acontece? Escreva um texto de opinião a respeito.

9. Você conhece ou já presenciou cenas de preconceito? Que tal narrá-las por escrito e depois fazer uma representação teatral junto com seus colegas, mostrando essas situações e as atitudes que você acha que as pessoas deveriam tomar a respeito? Se você nunca viveu um caso desses, que tal inventar um por sua própria conta?